imaginist

想象另一种可能

理
想
国
imaginist

序

平日练琴，总喜欢东想西想。想到兴奋处，克制不住地冲出琴房，把刚刚的灵感告诉妈妈——也算招供了自己开小差的"罪行"。通常，她会立刻训斥我回屋练琴。偶尔，她听着我滔滔不绝，突然一怔："这些感受，你该写下来！"

我却并不以为然。"这都是那些人做的事"，我对她说。"那些人"，自然是指教授、学者、作家——反正不是演奏家。

而今，我也成了"那些人"中的一个吗？2019年末，某音频栏目希望我做一整季音频，谈谈古典音乐的若干话题，内容全凭我定。犹豫再三，我答应了。数万字交出后，编辑传来回馈：内容太过密集，远超音频适宜的体量，但又处处"干货"，不宜删动……怎么办？对方在电话里说："不然变成文字版，出书吧。"一波三折，两年后，"理想国"决定出版这些稿件——我便这样有了自己的第一本"书"。

如前所述，我并非做学问的人。我所写的，不过是一个演奏者的偏见与偏爱。前几章由原先的音频讲稿整理而成，话题涉及音乐文化的大背景——"空间"、"调性"、历史变更等等，叙述更近于"讲解"；其后各章，话题引向不同作曲家、录音、舞台——也许是音频计划已经作废、文字出版提上日程，我渐渐进入了相对私人化的写作处境。细心的读者想必能读出这一转变：是的，这就是这本"书"的"过程"。

音乐家论说音乐，看似本分，其实是陷阱。有次和一位钢琴家朋友聊天，说起伯恩斯坦在哈佛大学的音乐演讲，朋友面露嫌厌："伯恩斯坦就是这样，典型的精英主义。"我明白："精英主义"，意在伯恩斯坦对知识、对言辞的迷恋。后来与另一位朋友谈到伯氏，对方更是不客气："真正的音乐家，需要用语言表达吗？"

两年来，每写到困顿处，我总会想起这两件事。朋友的话声声在耳，恍如质问——此刻敲着键盘，书桌几米外，就是沉默的钢琴。

学琴近三十年，一路走来的种种经历，终究模糊了。在乐谱与键盘、琴房与舞台间来回，经验的趋同、重复，总不免归于倦怠。长大后结识的同行越多，耳边不时会传来一句："我真的不爱练琴。"每听到这样的话，我也会条件反射般地愧疚：我又有多爱？过去一年多在隔离酒店、在飞机上、在家中，我写着这些稿子，有时兴奋到彻夜失眠，有时写到激动处浑身颤抖。好几次，写到一半，我突然停下走进厨房，不自制地哭起来。

我自己知道，那并非"感动"，而是某种生理的反射。与音乐朝夕共处，太多经验早已越过意识，成为你身体的一部分。写作犹如异物侵入，惊醒、搅动了那些沉淀已久的渣滓。记得几年前外婆走的那个下午，我也不曾流泪，直到深夜写悼文，才止不住大哭。文字与回忆的勾连，大抵如此吧。朋友的意思我懂：语言的世界无关音乐。但十几万字写下来，我感恩这"无关"——在厨房偷哭时，我才知道自己这样爱音乐，好像头一回知道。

近来读到萨义德《音乐的极境》，听说老人弹一手好琴。书中评述诸多钢琴大师，令我惊讶：他的趣味有时与我相契，有时又大相径庭。我想，那终归是他个人的音乐记忆：他究竟听到了什么？语言的世界里，一切都是不在场的。我一边读，一边联想某位演奏者在未来的某时，也读到我的记忆……文字就是这样一种媒介吧：它什么都不是，不过是对记忆的欲望。

出版逼近，编辑提醒我，序言最好点出书中扼要的观点，方便读者切入。但写到这里，我想不到还该点出什么。临到交稿才渐有感触：自己的这些想法、观点，很快就要离开自己了。多年后回看，我也将变成一个读者——一个演奏者。

"他"会怎样看待这本书呢？眼前密密麻麻的方块字，像是给自己的交代，也是告别。

谨此感谢我的两位好朋友：大提琴家史鑫、指挥家钱骏平。十年来，三人得空便痛聊艺术。长大后渐渐明白：年轻人最好的老师，还是同辈的年轻人。如果没有那些彻夜畅谈，或许也不会有这些文章。当然，也要感谢妈妈。每章写完，总是先发给她。隔天电话打来："这里，没看明白……"对她的质疑，我总会气急败坏，像受了委屈似的。

"这些感受，你该写下来！"她不懂，我也是现在才懂：妈妈就是我第一个读者呀。

2022.4 费城

目录

肉体与雪 / 1

聆听的三种空间 / 9

历史与回归 / 33

康德的矛盾 / 45

看不见的博物馆 / 63

叙事的神话 / 77

失落的真相 / 97

个人与历史 / 117

言说背后 / 133

异乡的世界 / 143

肖邦与钢琴 / 159

维也纳的孩子 / 181

机器复制时代的音乐 / 201

就此一别 / 217

访谈 / 241

　　天生喜欢复杂感 / 243

　　模仿与刻意 / 253

　　音乐之外 / 263

　　流行与批判 / 273

肉体与雪

很久前，一位年轻的舞女，抱着传播舞蹈的梦想来到一座偏僻的小城。在小城的广场中央，她轻移脚步，翩翩起舞。

然而，一切并非如她所愿：路人头也不回从旁路过，显然对她的表演并无兴致。怎么办？仓促间，她有了主意。她一边舞着，一边褪去了自己的衣物。旋即，有人回过了头。女孩心中暗喜，便试探着褪去了更多……不久，全镇的居民闻风而至，围观这难以置信的一幕。胜利在望，她看着一道道猎奇的目光，重新穿回衣裙，继续舞着。

不料人群渐渐骚动起来，不时传来零星的怨声："怎么又穿上了……""再脱啊！……""搞什么把戏……"阵阵哗动中，女孩强忍着委屈，并未停下舞步……不久，乏闷的人群悻然散去，情节又回到了开头的那幕。女孩这才明白：群众想看的，不过是她的身体。

故事且说到这里。这些年，女孩的身影不时在我脑中飘荡，仿佛她就是真的。也许，她确实是在向我警示着什么；也许，女孩就面对着我此刻的世界。

在娱乐化盛行的当代，古典音乐正面临着未曾有过的挑战。其边缘化的处境在我看来，倒并非由于"过时"，而是它作为一门复杂的艺术，与当今愈发快捷、便宜的消费文化格格不入。因而不少人认为，倘若要在主流文化中幸存下来，倘若"普及"变得越来越必要，那么它首先就需要一副便捷的新面孔。他们坚信，这样才能为古典音乐打造一扇亲和的门，能吸引越来越多的人走入其中。每每遭遇这样的观点，我脑海中总会浮现出那个赤身的女孩。虚伪正在于此：那扇亲和的大门，究竟是为了古典音乐的生存，还是为了迎合主流？当一切涌向潮流的怀抱，又何尝不是在纵容潮流自身的盲目？

还是那句话：吸引众人目光的，不过是女孩的身体。

其实在当今，古典音乐并不乏普及的途径。各类通俗易懂的音乐节目层出不穷——它们中的大多数都在小心维护着同一个美丽的假象。而只需稍稍观察，真相就在那里：当那些人需要一遍遍强调古典音乐"很简单"时，难道不意味着事实相反，揭示了它其实"并不易懂"吗？而其中一味泛滥的煽情主义、文艺腔，不也印证了只在被煞有介事地调味、美化后，古典音乐才能被接受、被欣赏？消费的幻象一如海市蜃楼，颠倒现实……所谓普及，究竟是在普及音乐，还是某种廉价的情怀？

想来，古典音乐之所以"难懂"，因为即便对音乐家而言，它的面貌也是暧昧不明的。一方面作为表演艺术，它关乎个人的直观体验，而另一方面，作为一门系统的专业，它又涵盖复杂的学术理论知识。显然，这两个层面都阻碍了普及的可能。如果它能够阐发意义，也只有在第三个方面：它作为一段记忆，一段镌刻着精神与思想的记忆，是如何在千百年间与宗教、政治、哲学及其他艺术形式相辅相生的。是这一面，决定了它作为一门艺术的核心，也只在这里，"普及"才具有价值。虽然触摸这些历史的印记并不能让我们直面音乐本身，却可以让我们去思考它。是的，思考，真正持久的思考，不仅作为一种过程，更是一种态度——一种在当今消费时代越发稀缺的态度。

当然，对一门跨越两千多年的艺术，一切叙述都不免片面。我所能做的，仅是抽取部分话题作为切入点。它们或涉及音乐史与思想史的种种关联，或指向声音作为表演艺术的诸多特质。而后，我也会将目光移向自己偏爱的若干位作曲家，谈谈他们作为各自时代的代表人物，给我个人以怎样的触动或启示。此外，即使尽力忠于客观资料、权威史实，我的视角也脱不开身为演奏者的主观局限。为避免学术问题的繁杂琐碎，许多内容我不便深入详述，某些出处也未及一一说明。对本书中可能存在的简略或疏漏，请大家谅解。

好了，循规蹈矩的介绍完毕，可以说点私人的体会了。

2019 年 10 月，时在深圳南方科技大学讲课的我，得知那时正赶上"第九届 OCT-LOFT 国际爵士音乐节"。经好友的推荐，我有幸在一家爵士乐酒吧聆听乐手们的演奏直至凌晨。说来惭愧，那是我第一次现场聆听自由爵士。不同于经典爵士，自由爵士的即兴并不依照任何常规的爵士体系，只是在某种"空"的自然中寻找可能的灵感。这也许是为何他们即兴作出的音乐，不论精彩、粗劣，总流淌着某种动人的真实。

不过，这并非那晚我最大的触动。

就是在被那些音乐深深吸引的同时，我想到了古典音乐。也许因为反差太过强烈，使我跳出了经久麻木的惯性，我头一回这样清晰地感到它对我的意味——如果说自由爵士的即兴是关乎"新生"，那么古典音乐的演奏则指向"死亡"。是我太主观、太绝对了吗？

但我想起了《论语》中的那句话："逝者如斯夫，不舍昼夜。"那不正是对古典音乐的写照吗？谱曲者早已代代作古，一页页乐谱也不容辩驳——我所奏的不过是作为美的记忆，是美的消逝。在爵士乐中，乐手们总期待着下一个瞬间的奇迹。而在古典音乐的现场，视角颠倒了。正因它早已不是当下的事件，而是对某刻往昔的再现，使每个瞬间都变得珍贵、迫切起来。一个个音符在触及我们心灵的刹那，一个接一个成为过去；过去接连着流向过去，直至聆听的尽头：我们就这样在时间的悬置中，完成了对回忆的致敬。所谓现场，不就是这样一种关乎"消逝"的艺术吗？大提琴家马友友曾说过，在演奏第一个音符之前，我就已经想到了最后的那个音。那是否也可以这样说：演奏正是从那最终的流亡开始，走向了它的故乡。

写到这里，我不禁想到另一门与音乐毗邻的艺术：诗歌。自古，"诗"与"歌"便紧紧相联。而除了两者相近的抽象特质，诗的意义，也同样在"消逝"中。不妨回想，我们是怎样从一首诗的第一句开始，就已预感到了它的终结。我们又是如何在诗的世界中遭遇了某种更真实的存在，而它同时又离我们而去。在与词的遭遇中，诗人为他身处的世界重新命名，精神的流亡就这样"在场"了——即便在现实中，它终究是缺席的。

难怪许多诗人都爱"雪"这个意象，爱以它为象征，来隐喻写作自身的处境。雪不就是这样一种曾经在场，又最终缺席了的存在？是它刻下了我们的旅途，再将这旅途埋入我们对自身的追忆里。在词与词消融的刹那，诗意发生了——欧阳江河写道："雪落下因为我预先感到它要落下。"木心说："你再不来，我要下雪了。"博纳富瓦这样形容："她来自比道路更遥远的地方。她触摸草原，花朵的赭石色。凭这只用烟书写的手，她通过寂静战胜时间。"

在众多对雪的赞美中，中国诗人张枣的组诗《一首雪的挽歌》最令我感动。在其中一段，他写道：

> 这些尘埃。别怕，人啊人
>
> 坚守自己，永远诘问
>
> 手套、节日和别的人

20 世纪 80 年代，被誉为中国当代诗歌的"盛世"。如今，它已离我们的时代很远了。更为遥远的，是古典音乐。

但我相信，某些事物作为隐喻，永远还在那里。人的精神不就是一场漫天的飘零吗？回忆里，我们摘去那副阻断了真实的手套。我们去触碰寒冷，在孤独的坚守中，永远诘问我们所身处的现实。

莫扎特钢琴协奏曲 K.491 手稿（局部），作于他去世前五年。 写到重复段时，他不再标出每一个音，只在每一行间画下"笑脸"。据史料记载，作曲家此时生活境遇不佳。这些脸是画给谁的：自己、出版商，抑或后世的演奏者？此处沉郁的小调音响下，谁又能听出这些谱上的"笑"？

聆听的三种空间

想象的距离

"艺术就是从误解开始的。"我不知在哪里听过这句。时过境迁,我也不记得它的具体出处了。

但它倒让我想起了另一句话:"真理源自误认。"此话来自法国思想家拉康。初读这句时,我不禁失笑,因为它几乎就是在自我否定:倘若人必会误解真理,那么"真理源自误认"这话本身,又该如何被正确地理解呢?

也许"正确",本就是一个错的概念。也许,历史就是一场接一场的误认。想想许多艺术史上的美名,不过是当时批评的产物:"巴洛克"一词原指怪诞、扭曲的艺术创作,印象主义之"印象",原指模棱两可、脱离现实……

然而,如果"艺术是从误解开始的"这话真的存在——且是"正确"的——那古典音乐才该是它最雄辩的证明。迄今为止没有任何艺术类别像它一般,长久地被一个"错误"的概念统摄:20世纪初,斯特拉文斯基的音乐古典吗?德彪西或拉威尔的作品呢? 17世纪的巴赫,又真的古典吗?

　　究竟什么是"古典"？它是一种追求精致的理念，一种感性与智性的完美比例，还是一段回溯历史的乡愁情怀……今天，对古典一词的模糊印象，一如音乐自身给我们留下的那些久远记忆，不仅困惑着大多数人，也困惑着音乐家们自己。因而与其继续纠结于它的真义，我们不妨先跳出这个概念的陷阱——我愿试着说：谈古典音乐，先忘记"古典音乐"。

　　无须过多介绍，千百年来，音乐逐渐形成三分的局面：民俗音乐、艺术音乐、流行音乐。所谓民俗，即史上传于民间的曲调、歌谣；艺术音乐则隶属宫廷教会（自然，两者在历史中也相互汲取、相辅相成）。而"流行音乐"，则是在对"艺术"与"民俗"的吸收、简化中逐渐形成的。它是在近代市场化、娱乐化的发展下——即在音乐成为一种"产业"后——出现的产物。以上，便是音乐历史的三大支柱。

　　翻查任意一部专业词典，你都会读到：古典音乐的真正学名，就是"西方艺术音乐"。作为一门高度形式化的音乐传统，它有着复杂多端的曲式结构、和声体系、复调对位……你也会读到：较之民俗与流行音乐，它最显著的不同，就在于其"书写性"——它是一门必须被记录在乐谱上的艺术。自9世纪起，它便以谱面的形式延绵至今。或许有人会质疑：以"记谱"去界定古典音乐，果真准确？作为一种记录的形式，它又如何能够归纳西方艺术音乐历代的风格与流派呢？

在我看，以"记谱"来界定，是唯一可能的方式。因为就是这一看似笼统的归纳，其实抓住了古典音乐万千总象下的内核：它告诉我们，听觉之外，声音还存在着另一个维度——一个谱面的、听不见的维度。

或曰：西方之外不也存在着记谱的历史，如中国音乐中的减字谱、工尺谱等等？确实。但作为不断复杂化、精确化的记录形式，"记谱"只在西方历史的进程中才获得了超越的地位。它不再仅仅是声音的记录。是五线谱，使音乐，一种时间性的艺术，获得了空间的抽象；也是它赋予了作曲家在图像世界中编织多维形式的可能。好比航海家没有地图便不能把握地理的全貌，五线谱自身正如条条纵横的经纬，那些蝌蚪状的音符，就像图中星罗棋布的地名——"音符"，顾名思义，即作为符号的声音。就是在这样一个抽象的符号世界里，作曲家才得以如小说家那样，虚构出一段段宏大的听觉叙事，得以如设计师一般，勾勒出一座座立体的声响建筑……

在此，恐怕没有比贝多芬更具象征性的范例了。可以说，没有谱面的世界，就不会有贝多芬。在生命的最后期，他就是自己音乐的读者——仅仅作为一个读者。他听不见，甚至，也无须再听见声音了。这位双耳失聪的"音乐家"早已开始用更空间化、建筑化的视角来组构乐思……

古典音乐，首先作为视觉的符号，其后才是听觉的呈现。问题来了：面对一份份饱含复杂信息的乐谱，一位演奏者果真能够通过自己的演奏，将其所解读出的文本讯息全部传达至听众吗？譬如，面对一首巴洛克赋格曲，他该怎样让听者清楚听到其中每条声部的独立美？对一首勃拉姆斯或勋伯格的交响乐作品，指挥家又如何让听众理解其中乐思的万千变化，无不来自开篇的头几个音符——该如何呈现这种"万变不离其宗"的结构美？又譬如，当李斯特在他的《b小调钢琴奏鸣曲》中，以四组不同的主题分别隐喻命运、抗争、魔鬼、上帝时，演奏者又该如何把这些主题所内含的文学性、哲思性的深意传于听者？

显然，作为如此抽象的形式，音乐文本中的许多含义，是无法全部付诸现实的。

在木心的《素履之往》中，有段题为"音乐主体"的随笔。他写道："一首曾经给予美妙印象的乐曲，总是超乎高手弹出的悦耳的声音之上的——被人看得如此重要的演奏，多么次要呀。"早先读大学时，某位教授也告诉我："唯一完美的演奏，就是乐谱自身。"从演奏者到爱乐者，想必已经习惯，以致认同这样的观点。它们无不指向那个根深蒂固的理念：乐谱，就是"音乐的主体"。

但是，我们无法想象一段只有谱面留下，却从未被"听见"的音乐。在过往的历史中，演奏与文本，更不是相互独立的存在。巴赫及其同代的巴洛克作曲家，几乎从未在谱上标注对音乐至关重要的力度、速度、情绪等指示，只将它们留给演奏者自行诠释；古典时期的作曲家，如莫扎特，甚至在某些段落中只标出关键的骨架音，将其余"未完成"的音符交予独奏者的即兴。在他们的时代，演奏介入创作，创作交予演奏，两者处于共生的关系中。无须说，这样的传统早已不在。但它所提供的历史讯息引人深思：乐谱，究竟是成品，还是一段永远敞开的过程？

一切成品都是闭合的。但"声音"永不。在贝多芬的年代，依照那时的演奏风格，弹奏长音和弦时往往不以如今常规的齐奏，而是以琶音的方式——那时的作曲家自然不必特意标出琶音记号。可倘若在今时的现代钢琴上以琶音的方式弹奏那些和弦，效果又往往怪异：现代钢琴的声响，早已不同于两个世纪前古钢琴的声响特质。乐器音质的变化，必然导致演奏的变化，而演奏的变化，势必引向审美的变化。

　　而音乐的伟大，就在于其"主体"的不断转换又不断缺失中。一切符号都有待实现，一切实现又都将带来改变——音乐始于生成，也永远"在"生成中。这就是演奏的意义：它以自身的"不完美"，将文本从沉寂中一次次震响，将它逼入令自身惊颤的新生中。如此，作品一次次克服它自身的死。这是一个双向的旅途：无数新生的瞬间，构成了我们对消逝之物的想象——对某种"完美"的想象。而"完美"自身呢？它只蛰伏于我们经验中那些未知的角落。是的，它不在乐谱上，而只在聆听的当刻，如同被一道猛然刺入的光照亮，勾起了我们意识深处莫名的感触——关乎音乐的，无关音乐的——而后又消失，沉入我们记忆的视野之下。在那些瞬间，声音对我们来说是失落的：仅留下一段想象的距离，将所有听觉的终点无尽推延。音乐不仅与我们存在着这样一段距离，且正是这段距离，延续着它自身。

　　对消逝之物的想象，才是"聆听"的真相。在其两端，历史的文本、当下的演奏，相互敞开着。"唯一完美的演奏，就是乐谱自身"？不——乐谱指向的，就是它自身的缺失。由此，演奏者才得以对每一个音做出迥然不同，又各自合理的诠释。文本不会，也不能束缚来自演奏者的目光：恰巧相反，它打开了它们。

　　对于听者，不也同样如此吗？当我们听出他人演奏中的

1986 年，阔别俄罗斯 60 余载后，霍洛维茨重归莫斯科演奏。加演舒曼《梦幻曲》时，镜头捕捉到这些流泪的人。他们想到了什么？

某个错音时，不也同时在想象着那个正确的音？当指挥在台上恣意挥舞时，我们不也在想象着那些视觉语言与声音之间的关联？而真正广阔的想象，在闭目静听时。杜绝了表演者的视觉介入，杜绝了现场的外在因素，我们只剩下了声音的距离本身：想象每一个音指向的可能，想象一切听不到的意义。那些时刻，每人心中都有一份自己的文本。何谓音乐之"主体"？音乐自无言以对，而我们所能核对的，仅仅是那个距离中的"我"。

　　一个听不见的现场就这样，延迟着我们对它的最终抵达。乐谱等待目光，目光期待聆听，我们走向什么，却永远身在途中。但也正因此，声音的意义终归不会被消费掉。因为我们企盼的，就是那"听见"之外的"听不见"。此间可有任何痕迹存留？诚然，真相总在消逝中。留下的，唯听者无上的想象——在乐谱之上，在那个听不见的现场中，"真相"永恒地自由、自在。

语言的建筑

　　"音乐是全人类共通的语言。"想必我们都听过这句话。现今它频频被引用，早已是陈词滥调。少有人质疑：这话真的对吗？

不言而喻，语言是人类文明的根基。但我们也同时知道，它无法跨越地域与疆界，一经翻译，即成了另一门语言。一句话概括：语言不具普遍性。而倘若某种媒介，自身就具备了跨越地域疆界的特质呢？想来"音乐是全人类的语言"所以引人神往，正因为我们被其中的"普世"价值所迷惑了。

人类文明中，果真存在一种普世的语言吗？多年前，我曾读到一段伯恩斯坦关于语言与音乐的精彩讲演。他说，20世纪众多的语言学研究，就基于是否有一种"元语言"展开过设想。既然无论来自何方，我们都是"人"的一员，那么是否世界文明纷复繁杂的语言丛林，起初都源于同一粒种子？比如，当我们回想婴孩最初的言说——那声共有的对母亲的呼唤，"Ma！"——是否已然暗含着某种元语言存在的讯息？

在婴孩的最初阶段，母亲就是他的世界。通过那声"Ma"的呼唤，他使"母亲"成为事实。想想《圣经》中，上帝创世也是通过言说，而非行动。"神说：要有光。于是就有了光。"有意或无意，千年前的《圣经》著者即已透露了关乎创造的秘密：一切创造，最先是语言的创造。甚至可说，"神"，就是那最初的语言。

"神说：要有光。于是就有了光。"然而，神是怎样"说出"这一句的？他应是以人类日常的招呼，还是以一种更为高昂、嘹亮、扬起的——一种"歌唱"般的口吻？

如此臆断，确非无凭：在西方，"神"与"歌"的历史绵延久远。两千多年前，西塞罗就以"西庇阿之梦"的故事，描绘西庇阿在梦中被唤至天堂，听见那里四处响彻着"和谐嘹亮的歌声"。西塞罗的用意再显明不过：乐音，就是众神的言说。神性在歌声中——正是这样的观念，使音乐自古就被赋予了某种普世的意义。

然而，"普世"终归是人的一厢情愿。其实在音乐中，横陈在个体与普遍之间的鸿沟，比在任何艺术中都更难逾越。词语、图像皆是具体且固定的："桌子"一词，就指向现实的桌子，画中的"山"，就指向山……一组音符能指向什么？

是的，音符一无所指。这也正是声音的狡黠之处：无所指，个人与普世之间的距离反倒不在了。一曲终了，每人都以各自的主观宣示着解读乐曲的主权："我觉得这首曲子说得是……"仿佛那就是独一的真相。再想想那句"全人类共通的语言"——这究竟是声音的"神性"，还是骗术？

其实，真相也就在这句话中。只是我们需要将它"颠倒"

过来——"没有语言，就没有共通的音乐"。如此，便有另一层意思了。想想吧，为何许多音乐风格诞生之初，都不为人所接受；为何对听者而言，一种全新的音乐就如说胡话一般令人困扰，甚至愤懑……

是的，声音过于抽象。只有先成为一门"语言"——只在像语言那样确立某种稳固的法则之后，它才可能共通。我们总会忘记：语言同样是一门声音的艺术。希腊的悲剧、史诗，皆为口语的表演形式；而诗歌，这一最古老的文学体裁，更是源自对节奏的激情——音节之押韵，语调之抑扬，就是最天然的旋律。即使在阅读中，人也在聆听那些无声的流动：字词有轻重，似音节之强弱；行文有快慢，含节奏的缓急；语调有高低，如旋律之起伏……在那些时刻，音乐并非语言的对立，而是其"底片"，沉于一座座文字景观下，那片尚未显现的黑暗中。

早期的音乐家无不明白这一点。几千年来，声音的历史，就是这样一部逐渐"显形"的历史，是一段在参照、借鉴语言的进程中，逐步确立其自身规则、体系的"成像"之旅。而这"像"，涵盖音乐的一切维度：调性、节奏、和声、句式……

调，即一组稳固的音高等级秩序：某些音主导，其余音居之次要。音与音之间依次排位，构成主、谓、宾般的语序基础，而后建立普遍的和声法则。语句声调、发音轻重，同样影响了音型节奏的范式（譬如西方音乐中常见的切分音、倚音等，就与意大利语的发音规则密切相关……）。疑问、肯定、否定等不同的对话模式也被逐一仿照，而诗歌中的押韵、排比，以及明喻、隐喻等一系列修辞手法，更深远启示了音型动机的重复、呼应、模进、转位、倒置……伯恩斯坦就曾在他的"诺顿系列演讲"中，探讨了西方音乐中的修辞学，并指出它是如何潜在地作用于我们对音乐的理解的。

　　正是在修辞的维度里，音乐超越了语言。想象一下，多种声音的同时进行，能够发生在言语的世界中吗？对话中，不同的话只能在同一时间被单人说出，不然便会陷入"各说各话"的混战：甲说"桌子"的当刻，乙说"椅子"，丙说"凳子"，那我们必定什么也听不清。换言之，语言是单线的。这单线，归结、受制于词语自身的确定性。但音乐却能使不同的声部、旋律同时进行而不会发生语义的混战，相反，它们会组合成新的秩序。

　　正因为抽象使音符处于"无法确定"的状态——任何单独的音都是无意义的，它不过是声波的振动频率——它也因此向一切其他的音符敞开着。音与音彼此填补，彼此呼应，彼此成全，由之生出无限的可能。由各单音组建的纵向空间

巴赫《赋格的艺术》手稿：线条的艺术？建筑的艺术？

谓之"和声"，以各声部构成的横向网络谓之"对位"。也就是如此纵横的交织，使音乐成为一门"立体的语言"。在一首巴赫赋格曲的开篇，当主题于高声部进展过半，同一主题回声般在低声部进入；如同对回声的呼应，对题同时在高声部出现。倘若将这些不同声部的行进看作一种交互的修辞，那我们就是在同一刻的陈述中，获致了多重隐喻。贝多芬《命运交响曲》中，当那个著名的"命运动机"以回声、倒置、压缩、拉宽的形态在不同声部间此起彼伏，我们仿佛听到了数十种不同的隐喻一齐编织着"命运"不可挣脱的巨网。在李斯特《b 小调奏鸣曲》中，象征"命运"与"魔鬼"的两组动机在不同的声部同时显现，作为相反的寓意无隙地合为一体，共同构成一个新的喻义 —— 堕落。近乎"隐喻的隐喻"：在那个瞬间，我们进入了修辞的绝对领地，那个连语言也难以抵达的抽象地带……

　　诸如此类，不胜枚举。这就是声音的第二重空间：一个由特殊的语义符号网络构筑起的立体世界。正因它所蕴藏的无限可能，音乐得以不断扩展自身的疆域，在建构抽象的道途中越行越远。

　　当然，我们无法仅仅从"语言"的立场，去看待音乐中的一切。我们确实可以单从修辞的维度去理解，甚至"破译"音乐，却难以阐明我们何以被它感动。换言之，音乐为什么

能"感动"我们——难道仅仅因为它在我们脑海中，被转化
成了语言吗？

共鸣的场域

终归，音符不是词语。

想想在音乐会的某些时刻，当我们被那些庞大宏伟的音
响所震撼时，为何会有似电流袭过全身的体验；为何当我们
身处酒吧、夜店时，会不自觉乃至下意识地随摇滚低音的轰
鸣而摆动起身体……而当我们感到整个空间都在随着声响的
振动而振动时，我们的心灵为何也与之一同振动着……是否
在那些时刻，音乐并非仅仅是以一种语言、一种隐喻的形式
为我们所接收，更是我们被它作为一种实在的、生理的力量
而撼动？是否在音乐的诸多"抽象"之下，还蛰伏着某种更
为原始的性质……

也许，我们须先跳出之前的认知框架。继续思考"音乐"
之前，我们是否该先想想："声音"是什么？

我们知道，声音不仅包括有意义的音符，也包含一切无
意义的噪音。略过这一点，我们便难以把握音乐的原力。音

乐，就是被赋予了意义的声响。它并非噪音的对立，而是其提炼、延伸。换句话说，音乐就是自然声响的人工化，是混乱现象的秩序化。

想想夜店、酒吧里超强低音的震颤，不就是一种经过特殊处理的噪音吗？而当一首交响乐以其密集的音流向我们呈现某种洪荒般的音响时，那些音响在我们耳中，又何尝不是作为某种自然力量的延展……表面上，它们以"一群音符""一组和声"的抽象形式呈现于我们，但在更深处，不正是以声音皆有的共鸣之力，将我们卷入其中的？

是的，"共鸣"。正是共鸣，使音乐在最深处区别于文字、绘画、舞蹈、影像等视觉艺术。当欣赏一幅画、阅读一段文字时，我们的感官只是作为接受的一方，却不能与这些对象发生真正意义上的"互动"——一种生理的互动。但音乐却能以自身的振动，迫使两方，传播者与接收者，以及它所能触及的每一个角落，都产生与之同频的震颤。

只在共鸣中，"主体—对象"的固有界限被打破了。当声音在我们体内发生与演奏家同频的振动时，我们也同样成为声波的传递者，而演奏家也同时成为它的接收者。这就是为何在音乐会中，我们永远是作为整体的一小部分被音乐感染的；即我们被感染，同我们感到周遭的人也一同被感染着，

［左］伯恩斯坦在指挥

［右］迈克尔·杰克逊演唱现场

影像的世界中，"共鸣"静止了

是无法分割的。听者被一段音乐触动，不已然确信着演奏家正被触动着吗？而演奏者不也凭着另一份确信，确信听者正在历经自己所历经的那份私密，而更投入其中？画家与作家自然无法享受这一特权，享受他们的创作在感染观者的同时，也被观者的回馈所一同感染的体验。

互动，或更确切地说，一种"流动"，正是音乐的伟大所在。它在每一个奏者、听者的体内，同时在音乐厅这个更大的"身体"中流动——如果我们也将它视作一个更高意义上的生命的话。声音便这样在它所能触及的一切之上，创造了一个统合的身体：一个独立的、仅属于共鸣的空间。

而这个独立的空间，又何尝不独立于时间。如莱布尼茨所言，在音乐中，不是钟表，是我们的心灵在计算一切。不妨想想，我们何以感知生活中的光阴流逝：我们将一天分割为不同的时段——早餐、工作、午休、工作、晚餐、休息——总之，我们将自己的生活交予事件。我们历经它们，却不会去体悟其中流逝的东西。我们只是将这种流逝精确地分割为日时分秒，以便计算我们的行为，规范我们的生活。

时间被规范化、数字化了。它成了量的计数、事件的载体、行动的框架。这也许就是为什么在音乐中，我们感受到时间的存在，却又分明感到它不同于日常生活中那个被化约为分秒的时间：只在共鸣的世界里，在随着声响的起伏而起伏时，任何固定不变的结构被消弭了。我们所感知到的，不再是死的刻度，而是绵延——在一切共振的空间里，那生生不息的运动。

这也是节奏的力量所在。节奏既是时间，又是空间的存在；既是线性的，又是共鸣的形式。音乐中，它取代了日时分秒的抽象概念，以持续的震颤击打着我们的身体，将我们卷入这同一而有机的行进中。

那是无限变幻的行进：音乐中遍布"弹性速度"（Rubato）。正因为节奏，从不是固定的、独立的。它与音色、和声、轻响等其他层面相互交织，共同生成共鸣的每一瞬。音色如共鸣的"质"，节奏赋之以"形"，色彩、轻响则是其"状"。也正是"质"与"状"的变化，左右着"形"的弹性。愈发静谧处，节奏自行拉宽，甚至停驻于某一个音，以悬置时空；一气呵成时，它加速滚动，乃至飞掠整句。不断的行进中，声音依照自身的欲求——对空间的欲求，时而紧缩、时而渐散——压迫时间、伸展时间、凝固时间。仅仅几个音的进行，可以如此漫长，而一首繁复喧嚣的乐曲，却在如梭之间。只有音乐，赋予了时间的消逝以这样频繁多变的形式，也只在音乐中，我们成为消逝的一部分，融入它每一刻的流动。

因而在最深处，说声音是时间艺术，其实是流动的空间艺术。想必诸位都听过一句相似的话："音乐是流动的建筑。"
但注意："建筑"在此所指的，还是声音在符号层面的立体
性，即西方音乐的复调结构。而只有当我们跳出这个通常看
待音乐的抽象维度，去感触声音作为"共鸣体"的生理特质
时，才能触及那个流动的真正本源。

　　而我们每一个人，就是在这样的流动中，在随着整体的
共鸣而共鸣中，找到了"自我"的位置。我们被什么感动，
其实是为自身的感动而感动。人就是在同未知声响的共振、
在一次次与外部世界的对流与反馈中，才感知到了自己。也
正是这种看似矛盾的对立，揭示了"自我"的真相：真实的
自我并非封闭、绝对的，而是流动、变换的。在这样的变换
中，我们无辜地被延绵不断的消逝与新生所触动，被他者的
投入与反馈所触动，我们也这样无辜地触动着我们自己。如
果说什么是音乐最伟大的力量，那便是在这种触动和被触动
之间，我们这样拥有了自我，也忘记了自我。

＊　＊　＊

　　终归，音乐是变换、相对的。从未有单独鸣响的音。所
谓"泛音"的物理现象，即当某个音被拨动而振动，它必然
振动着下一音，再振动下下个音。凭借于此，声音展开它的

行进——犹如一念挑动着下一念、再下一念……在这样延宕的震颤间，差异出现了：我们听到了频率的高低、间隔的缓急、击打的轻重，辨别出了旋律的高低关系、节奏的快慢关系、力度的轻响关系、和声的疏密关系……

在最深处，音乐并无"中心"，只有"关系"。它的意义在一刻与下一刻、在种种差异之间；不仅在自身的音高、和声、节奏之间，也同时伸向它的外部：在不同的演奏者、不同的听者之间。这是更高意义上的共鸣：是每一次不可复制的诠释、每一遍不可复制的聆听，延续着声音的使命。

因而，音乐是一门永在途中的艺术，一门不断漂泊的艺术。甚至可说，音乐是一门"谓语"的艺术；它在遍布着主语的世界中穿行，却拒绝成为它们——拒绝被定格、拒绝静止……

因为只有音乐，这样渴望"发生"（happening）。全新的、异时异地的发生。但凡任何叙事艺术，如文学与电影，同样充盈着事件的发生，但它们是在陈述发生，我们却无法说：它们"自身"在发生着。唯独音乐，被演奏的音乐，是以自身的发生而呈现的艺术。正因它不存在一个确定的主体，它才必须将自身交付于持续的震荡、交付于外部、交付于新的演奏。而什么才是它真正欲求的？

音乐的欲求，就是成为"空间"。它的一切努力，它的全

部动力，直到沉默，直到死亡，就是在各个层面：以想象的
延展、以多维的抽象、以自身的颤动，展开一层又一层的世
界、一段又一段的距离。虽然这注定不是现实：声音只能在
时间中生、在时间中死。但正是这无法实现的欲望——对成
为空间的永恒渴望——持续着它的生命。

　　在这个意义上，我愿说：音乐，是那门永远朝向"不可
能"的艺术。

法国中部布尔日城中心的教堂，摄于巡演途中。欧洲再小的城镇，也可见这样恢宏的教堂，这样恢宏的管风琴

历史与回归

历史的声音

不妨闭上眼睛：如果此刻，有人正为你播放第一代战斗机掠过空中的嘈杂轰鸣声，你会想到什么？20世纪初的工业化世界，抑或黑白片中世界大战的场面？如果你听到的是马车缓缓行驶的声音，夹杂田野乡间的虫鸣鸟叫，以及吉他手悠长的歌声呢？你是否会在脑中铺展出一幅欧洲中古时代的乡村画卷？

当然，以上想象，都是我们已知的历史了。但如果我们再天马行空些呢——倘若古人能听见当代社会中的工业噪音，他们又会如何反应？假如我们为他们播放1945年原子弹第一次试爆时的录音，他们又将怎样应对这新奇又恐怖的巨响——困惑，还是恐惧？在古人的世界里，是否这些巨响，相比蘑菇云的影像更能对他们呈现未来战争的暴力？

这样的假设固然无所谓答案。但它们却为我们如何看待音乐提供了一个重要的维度：是否声音，和谐或不和谐，都是一枚枚"符码"，传载着历史的讯息……

也许在心灵深处，声音就是作为一种符码，使我们得以辨识自身所在的世界。一个身处嘈杂声响中的人，首先感到的就是社会的嘈杂纷乱；一个身处和谐声响中的人，感到的就是世界的和谐愉悦。同样，当我们聆听某段喜爱的过去年代的音乐时，也难免会对它所代表的那个年代和社会产生某种特殊的遐想、特殊的情怀。

法国思想家阿达利曾说，人可以将眼睛闭上，却无法将耳朵关掉。这话有意思。确实，比起文字与影像，声音更能"穿透"我们。从阿达利的话中我们抓住了关键的一点：双耳永远开放。且这样的开放，与前章"共鸣"的开放性截然不同。在共鸣中，我们与自身所处的空间进行着互动；但在阿达利笔下，耳朵逼迫我们去接收声音所释放出的信号。"开放"在此，近乎强制——它告诉我们：面对社会，个体永远被动。

我想，这就是为什么声音在任何时代，都具有无可抗拒的渗透力、破坏力。历史上，它总是政治的最大帮凶。希特勒就说过："如果没有扩音器，我们就不会征服德国了。"那时的日耳曼青年就是沉浸在他歇斯底里的讲演、瓦格纳歌剧的滔天巨浪里，一个接一个成了纳粹主义的狂热分子。（试想，我们为何总要将自己的集体经验交付于听觉——我们为何要唱"国歌"，却无须跳"国舞"、读"国诗"、观"国画"……为何由古至今人类一切形式的"狂欢"都离不开乐音，从古老宗教的众赞，到当代社会的 KTV、夜店……）不论政治、生活，从战争时期的革命歌曲到脍炙人口的流行旋律，在一段又一段的集体叙事中，历史的声音吞没我们个人的声音，同时，收编我们对一个时代的全部记忆：控诉的记忆、狂欢的记忆、失落的记忆……

或许也因为这样，音乐总是对社会变革有着先验的直觉。例如中世纪晚期的复调化，早早预示了西方理性时代的崛起；如贝多芬晚期作品中的批判性，率先昭示了 19 世纪个人主义的抬头；如瓦格纳的乐剧，宣告了德意志民族的必然统一；而 20 世纪初的大批先行者，马勒、勋伯格等，更是以各自灾难性的作品，比政治家、科学家都更早预言了西方传统世界的崩塌以及世界大战的迫近……

自知或不自知，音乐家便是这样，成了时代的先驱。人们总说，声音是"通灵"的：它为我们指向那无法言说之美。但倘若"灵"，同时指向某个更超验的层面呢——如果通过聆听，我们还能感知历史，预见未来？在这个意义上，我想到阿达利说过的另一句话："音乐，是一种'灵视'。"

于是不难理解：自古以来，声音就是统治者最需征服的对象。自然界的噪音被不断地编整、驯化、提炼，"音乐"始具雏形。自初生起，它该具有什么目的，该怎样被听到，即被详细地定义、规范。柏拉图写道："采纳新音乐最宜谨慎小心。音乐的变化，必定带来城邦之根本大法的变化。"亚里士多德则进一步限定了音乐的功用，并将之分为理论的、实践的、精神的。与此同时，孔子在东方说："歌乐者，仁之和也。"

汉语中，"乐（yuè）""乐（lè）"同字。希腊语中，和声、和谐也是同一个词——"Harmonia"。音乐之初，即与"和谐"相生。毕达哥拉斯就曾想象宇宙中的天体在沿各自轨道运行时相互呼应，生成和谐的声响。西塞罗更是借"西庇阿之梦"的故事，隐示了和谐乐声中的"神性"。在古代西方，地位最高的音乐家就是神庙中的祭司——他们既是精神的先知，又是统治的共谋。音乐自祈祷中缓缓而升，而作为"祭品"，噪音则被悄然处死、掩杀了。借由对噪音的消声，音乐以其和谐的形式疏导了现实世界的野蛮暴力：在祈祷中，我们只置身音乐。我们正朝向天国。

作为隐喻的回归

进入中世纪，声音的功用由祭献众神，转为歌颂上帝。9世纪时，作为今时五线谱前身的"纽姆乐谱"为教会僧侣启用，继而沿用于全欧——西方音乐进入了谱面的时代。

中世纪纽姆乐谱原件，年份不详

　　记谱的通行意味着什么？我们知道，先古时期的音乐，有赖于代代口口相传：早期曲调一直处在自然的演变、开放的现实中。但到了中世纪，随着音乐与宗教的联姻愈发紧密，对演奏的进一步规范就成了必然。之所以要"记录"音乐，因为我们愈加需要它在每一次祈祷中都能被原样显现——换言之，每一次演奏，都是对上一次的精确再现。如此，它才能以一种定格不变的、秩序的形式扎根于我们的心灵：在聆听中，我们得以封存精神，铭刻上帝。

　　音乐的可重复，使时间得以"回归"。此中大有深意。古希腊时，柏拉图就曾论述过重复与永恒的关联。他说：四季、年月、分秒的确立，就是宇宙作为不断循环的秩序而得以存续的证明。

　　在古希腊人眼中，时间形态基于自然的周期，以环形运转。《蒂迈欧篇》中，柏拉图写道：时间即"永恒"的运动摹本——它就是世间秩序的均衡往复，通过其自身不断回归。亚里士多德则从柏拉图的循环时间中看见了"终极目的"。他说："万物总是和一个中心点有序地关联着。"

　　而到中世纪，基督教哲学对古希腊的时间观做了进一步划分：时间被分为"过去""当下""未来"三段，并被各自赋予神的叙事。环形的循环被拉直为线性的延展——过去构成了人的心灵记忆（对主受难的追忆）；未来则在对永生的渴望中（耶稣终将再临凡间，做"最后的审判"）；而当下，不过是两者间的一个短暂联结。如此，"回归"有了更明确的指向：芸芸众生就是在对主的追溯，以及对其再现的遥遥期待中，体悟、实践此生短暂的意义。

自古希腊至中世纪，这一整套基于"最终目的""最终回归"的宗教观、时间观进程，深深影响了西方艺术，尤其是作为时间艺术的音乐。固然，泛音列的发现、十二平均律的确立等科学成就对声音发展进程的重要性毋庸置疑，但西方音乐影响最深远的成果，是从中世纪末至 18 世纪初逐步确立的大小调体系（或曰"调性体系"）。作为支撑其音乐架构的根基，大小调体系就是这样一种时间秩序——一种从和谐走向不和谐再回归到和谐的和声模式；一种 A—B—A 的叙事结构。

相较此前的教会调式，是大小调体系进一步发掘了音与音之间的从属关系，强化了和声的力量。这加剧了调本身的引力——以"主和弦"取代"主音"作为新的核心，加剧了音响之间的张力，及其和谐与不和谐之间的冲突；同时，也加剧了解决这一冲突、回归主和弦音响的欲求。这一欲求同样成为此后各类音乐曲式的欲求：奏鸣曲、三段曲、回旋曲等等，无不是建立在以主和弦音响为中心，以及对它的背离与回归这一基本叙事之上。

　　这赋予了音乐某种难以忤逆的力量。其"二元一体"的形式，几乎就是基督教自身架构的投影：只有通过最极端的事件（耶稣受难），神性才能获得最崇高的意义，也没有其他宗教，将弑神的刑架作为其绝对象征。暴力归于慈悲，罪恶归于救赎，无神归于神⋯⋯而这"神"仿佛无所不在的幽灵，蛰伏在西方调性的行进中：从音响上，它迫切地需要以不和谐来强化和谐的必然回归；从曲式结构上，需要通过对主调以及主题的偏离，来凸显它们的再现。仿佛某种深处的"乡愁冲动"——每当离主调或主题越远，它回归的渴望就越大。在某些庞大的作品中，作曲家犹如上帝，以设计调性濒临分裂的危险，使人在一切重归和谐时获得更持久的满足⋯⋯

　　实现回归的调，才是主调；会再现的主题，才是主题。反之，古代东方音乐*则不存在"主调回归"，也不存在从不和谐到和谐的"解决"。中国传统五声调式中没有不和谐；而日本、印度等民族调式中纵有不和谐，也仅仅是作为修饰的形式，即它仍内含于整体的和谐中，而非作为与之相冲

---

* "古代东方音乐"在此，自然不包括从民国到当代的中国及其他少数民族音乐的原创及改编曲。20世纪现代化始，西方调性体系大面积渗透、影响中国本土的音乐创作。此后孕生的"民俗风格"音乐，包括所谓"中国风"流行歌曲，都是中国传统调式与西方调性体系混合的产物。

突，且最终须被征服的对立面。但在西方，调性的核心就深植于它内含的矛盾，及其回归统一的渴望中；这既是它的目的，也是它所依赖的根本动力。甚至绝对地说：现代主义以前，西方音乐史，就是一部关于"矛盾—解决"的历史。这便是为什么，如果我们不从西方自身的形而上学及其传统时间观的视角出发，便难以切入其调性叙事的核心，也难于阐清它为何能与听者产生如此强大的共鸣——不仅是感官，更是"理念"上的共鸣。*

近代以来，许多哲学家认为，与其他艺术不同，音乐中并无理念，只涉及感官的意欲与情绪。是这样吗？如果一切只关乎感官，为何一首乐曲——小至音型、乐句，大至段落、章节——遍布着结构的关卡；为何我们在那些伟大的作品中，不仅仅体验到感官上的震撼，更为某种雄辩的形式感所折服？

这正是两者的分野：感官关乎瞬间，理念指向目的。是的，一首乐曲的目的，不在于它的某一瞬（某个主题、某刻

---

* 18世纪后，"二元一体"的叙事在西方思想中扮演了同样重要的角色。无论是康德的二律背反公式，抑或黑格尔著名的"主奴"比喻（自我意识中存在"主""奴"两个相对却互为依存的角色，而"奴隶"，正是在被迫实践"主人"意志的劳作中，获得独立）等等，我们都能从中发现西方音乐结构的"影子"。

高潮等等），而在它走过的路。只在对其各种素材的不断重构、又不断回归中，一首作品才逐渐实现它全部的自我、全部的目的；也只当这一过程穷尽之处，它才适时地委身于死。彼时死去的，正是音的瞬间，而其"理念"，却将自身的行径刻在了我们的记忆里。

因为真正的死，是记忆的死，是遗忘。自共鸣发生的第一刻起，音乐就在对抗遗忘。与文字和图像不同，它无法"留住"自身，它的旅途才远为迫切。它不惜一切分裂自己，以摇散出更多的碎片——新的节奏、旋律、织体，并在不断重构中，不断重复它们，拉扯记忆、转动记忆、重塑记忆，直至在记忆中，穷尽自身。但就是在走向尽头的途中，"时间"一次次走近我们：每一次再现，都是挽留消逝的一次企图，是"永恒"的隐喻。当我们历经结构从濒临分裂的中途抵达统一的尾声时，当一句如歌的主题在我们对它回归的企盼中重新响起时，无论高昂或宁静，它都再次照亮了我们记忆深处的形迹。在那些时刻，我们不仅听到，且似乎看到了一种理念、一种绝对、一种道德……

这便是调性的世界：在自然的声响之上，一座座由人所构建的抽象国度。在那里，每一段旋律、每一组和声都在各司其职地履行着它们被指定的义务；也只在那里，它们确实是作为一段段记忆兀自闪耀。

［左上］汉斯利克　　　［右上］瓦格纳
［左下］勃拉姆斯　　　［右下］勋伯格

康德的矛盾

两种音乐

　　19 世纪中叶，当德国最负盛名的保守主义乐评家汉斯利克撰文对瓦格纳口诛笔伐时，西欧依旧处在浪漫主义如日中天的盛世。在他斩钉截铁的独断之际，大致不会想到当时繁茂的音乐景观会在数十年后轰然瓦解，一种完全摒弃了调性的音乐风格将终结过往几个世纪的音乐传统，并在此后数十年垄断西方艺术音乐的创作主流。

　　我想，他更不会料到"无调性音乐"的代表 —— 勋伯格、韦伯恩等 —— 正是将他最钟爱的作曲家勃拉姆斯奉为先知。不仅勃氏著名的《g 小调钢琴四重奏》被勋伯格改编为乐队版以示致敬，韦伯恩处女作的创作灵感也直接来自勃拉姆斯《第四交响曲》的终乐章。勋伯格还写过一篇轰动学界的论文《勃拉姆斯，一位进步主义者》，专述其艺术成就对现代音乐产生的积极影响，不知汉斯利克要是读了会作何反应。他是否会反思自己曾坚信的论点 —— 为何勃拉姆斯，这位调性音乐最决绝的保守主义者，反倒成了勋伯格、韦伯恩眼中的

"无调性" 启示者？

现今，学界谈起 19 世纪的 "浪漫主义之战"（War of the Romantics），总会归结于 "标题音乐"（Program Music）与 "纯音乐"（Absolute Music）之争。说到底，两者所争的，即 "音乐是什么" 的问题。19 世纪许多进步派人士认为，音乐能够，也应该承载它之外的内容：所谓 "标题音乐"，就是一种为音乐注入文学性、戏剧性含义的立场。瓦格纳大大升华了这一立场。他基于宏大叙事的理念，以求包容更丰富的戏剧、文学、舞美等维度，以最终实现一种全面综合的艺术形式。瓦格纳将其称为 "整体艺术"。

反之 "纯音乐"，就是仅仅关乎音乐自身形式的创作立场。在 18 世纪末的古典时期，交响乐、室内乐、奏鸣曲、变奏曲等纯器乐（无声乐歌词，仅以乐器演奏）的体裁逐渐占据了西方音乐的主位。在纯音乐的拥护者（或 "保守派"）眼中，音乐只在无关外界、只关乎自身的抽象世界中才得以呈现其最为自由的美。汉斯利克、勃拉姆斯等人便是这一立场的坚定捍卫者。

有趣的是，在 19 世纪早期，这两种立场的边界曾非常暧昧。舒伯特的某些室内乐作品、舒曼的许多文学性小品，就兼具纯音乐与标题音乐的特质。而最具代表性的，不外乎贝多芬《第九交响曲》了：正是这部古典晚期的巅峰之作，使

漫画《汉斯利克为勃拉姆斯上香》，载于 1890 年维也纳《费加罗报》

勃拉姆斯与瓦格纳于其中看到了截然相反的意义——前者深感于古典结构内含的崇高美，后者则从"欢乐颂"的恢宏声响中预见了音乐无限的叙事潜力，更激发了他在自己的创作中实现以声音统合世界的野心。20世纪初，第三帝国正是在瓦格纳音乐的"庇佑"下踏遍欧洲的大半疆土。希特勒本人不仅是瓦格纳的忠实粉丝，且视他的音乐为其政治理念的精神源泉。

汉斯利克再厌恶瓦格纳，也不可能预见他对未来那个战争狂魔的启示。但或许，他听到了瓦格纳音乐中的某种"危险"。一如尼采，年轻时的汉斯利克也曾一度痴迷于他。在与瓦格纳决裂后不久，尼采写道："勃拉姆斯骗了他自己，瓦格纳骗了所有人。"曾经我也暗暗想过：是否只源于对瓦格纳的痛恶，才让汉斯利克这般坚定地站在勃拉姆斯这边呢？

音乐的形式

当然，揣测归揣测，汉斯利克对音乐的论述确实自成一体，绝不含糊。在其著作《论音乐的美》中，他说，每个人对乐曲的感受各自相异，但我们必须将这些感受与音乐本身严格区分开。在本质的层面，汉斯利克写道："音乐只为它自身而在。"

什么是"它自身"？他进而定义："音乐，就是音响的运动形式。"

今天，这一观点被称作"音乐的形式主义"。我们知道，凡"运动"，无不需基于某个稳固的体系，如离开体系，运动即成了乱动。在西方音乐的语境里，这个使一切音响规律运转的体系便是调性。汉斯利克理论的核心即在于此：他笔下的"音乐自身"，并非指向其旋律美、和声美、色彩美，而是西方音乐的调性结构之美。

这就是音乐的"形式"。前已有述：自巴洛克以来确立的大小调体系，是西方音乐影响最深远的成果。是这一体系赋予音乐以叙事、精神的强大生命力，也成为此后爵士乐、流行乐等赖以存续的基础。在汉斯利克眼中，作曲的目的，就是在捍卫这个形式的基础上不断扩展它的表现力。他所批判的，便是像瓦格纳那样将焦点放在音乐的宏大叙事（即它与别类艺术的统合）上，从而将音乐创作的根本目的颠倒了。

历史总是诡谲的。半世纪后，无调性音乐的鼻祖勋伯格，也同样是站在"形式"的立场上——站在视勃拉姆斯为"进步者"的立场上——彻底解构了大小调体系。说来讽刺，临终几年，预见调性传统即将瓦解的勃拉姆斯，曾一度放弃作曲。但或许出于不甘，不久后他又重新拾笔，写下了余生最后几首作品。仿佛宿命，这些作品印证了勃拉姆斯的最后一搏——他死后数年，无调性便粉墨登场了。那么，汉斯利克的观念，究竟有无悖论？调性，果真是音乐的"形式"吗？

问题其实不在他。追溯形式主义的根源，我们还需跳离音乐，走进历史的更深处。在那时，它的征兆便已悄声显现——在18世纪启蒙的末端，在一场沉默的革命中。

自律与自由

一切还要从康德说起。

三百年来，鲜有哪位思想家能超越康德所带来的影响。在他浩瀚的著作中，以《纯粹理性批判》《实践理性批判》《判断力批判》，分别对西方认知学、伦理学、美学进行了论述。就是这"三大批判"，颠覆了自古希腊以来两千余年的形而上学传统。

在专述其美学的《判断力批判》中，康德对"美"做出了严格的界定。他写道，世间存在两种美："依附美""自由美"。"依附美"是人工的、不纯的，如一座建筑、一只花瓶。它们的美更多是作为一种手段，服务于某个外在于它们的目的：社会功能、日常所需等等。康德指出，这是存在着"利害关系"的审美。而另一种美，即"自由美"，如高山流水，仅以自身为目的而被人所爱——我们不带任何利害关系地欣赏它们，它们也如此自由。在他看来，这才是真正的美。

在康德眼中，"美"无涉知识概念、后天经验，观者只凭先天直觉即可领略。一如深夜的星空就是以星空的形式对你显现；无尽的海就是以海的形式对你显现。无须任何附加条件，它们即可震慑我们的心灵。花草、云朵、飞鸟、贝壳，不也同样仅凭它们的形式，"自由愉悦只缘于其自身"吗？在康德的美学中，形式始终是先决的。他说："所有艺术之美，究其本质是形式。"因为"内容"总会指向具体的意义，指向不自由。"希腊式的线描，镶嵌的卷叶装饰，它们也未能表现什么，也不表示任何确定的概念。但正因此，它们才是自由的美。"

"自由美"的视角，同样左右了康德的音乐观。在《判断力批判》中，他写到音符自身的抽象美，高于它的旋律美。旋律总是作为一种手段，以勾起听者的自我激情为目的——它往往遮蔽了音的"形式"——而只在无旋律的段落时，人才得以真正沉浸在音与音之间的关联互动中。

不难看出，汉斯利克的理论根基就是来自康德。"纯音乐"的观念深处，就是"自由美"的美学——标题音乐的信仰者认为，声音应该指向声音之外的世界，汉斯利克却说：

不，音乐的意义无关其他，"只为它自身而在"。

这背后，藏着一个 18 世纪伦理学的大背景。

古希腊以来，"真、善、美"便未分离过。某种存在若是真理，那它也必然是善的，是善的也一定是美的。三者相合，为万物指向某个终极。中世纪后，希腊形而上学同样成为基督教哲学的支柱——自不待言，真、善、美的统合，指向的就是神性。

但康德却说，这种形而上学的统合是有悖伦理的。什么是他眼中的伦理？

伦理，康德说，是"自律"的——它不受制于任何外在因素。如若帮助他人是为谋取报酬，此非道德。如若不杀人是因为怕受极刑，这也非道德。我们选择做一件事，仅因它自身就有着绝对的价值，唯如此，道德才显出它的力量。例如某人饥贫交加，但他宁死也不行窃……

康德说，这才是"自由"。通常人以为，自由的意义近似"随性"，但在康德这里，感性的随心所欲恰恰是被欲望奴役的状态，而只有通过道德的律令，使人做出某个有悖于自我欲望的决定时，他才真正实践了自由的权利。这就是那句著名的定理："自律即自由"。

由此，对任何理念的界定也应同理，将它们从被外界的

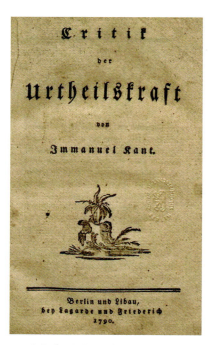

康德《判断力批判》，1790 年初版

束缚中解放出来，归还其"自律"的权利。这就决定了他对"真""善""美"的重新划分。他说，它们是三个绝对独立的范畴。真对应伪，属科学；善对应恶，属伦理；美对应丑，属审美。形而上学的"三位一体"使这三者相互约束，唯各自分离，才能彼此自由。古老的统合轰然解体——如此，真，可以是丑的；恶，可以是美的；善，也可以是假的。

这是前所未有的思想转向。它直接引向了之后 19 世纪各层面的独立意识：艺术的独立、个人的独立、民族的独立。许多思想家都论述过康德对 19 世纪唯美主义、浪漫主义、民族主义，乃至此后现代主义的影响。想想那些现代主义的代表作：波德莱尔咏"恶"的组诗《恶之花》、杜尚的小便池等等，无不是建立在真、善、美的绝对分离之上。无怪乎，许多人都称康德为"第一个现代主义者"。

"自律即自由"，同样影响了 19—20 世纪音乐的历史。在一个音乐不断被文学化、戏剧化的时代浪潮中，有这样一群人，不愿看到音乐沦为手段，服务于音乐之外的目的，不愿看到它被其他艺术所挟持；这一切在他们眼中，无不是对其"自由"的侵犯。这才是切入"纯音乐"到"无调性音乐"的关键：蛰伏在形式主义深处的，不是美学，而是一个道德的动机——汉斯利克、勃拉姆斯等人真正试图捍卫的，不是音乐的"美"，而是"自律"。

危机之声

康德的"自律即自由",排除了一切与美关联的外部世界。这样的观念在解放了美的同时,凸显了其独一的价值。在这个意义上,他超越了过往的形而上学。但这样的超越,也使美陷入另一种危险。悖论就在于:康德划分真、善、美,为求凸显诸领域的"自律"。然而,以"自律"为核心的美学立场,终究源自,也无法摆脱他的伦理学立场。换言之,这仍旧存在着伦理对美的干预——依照自律的准则,这恰恰又是非伦理的。

在我看,这是康德美学最深处的矛盾。这一矛盾终将困扰后世对他的美学解读:艺术,真的必须"自律"吗?

再抽象的艺术,都离不开与知识概念、日常经验的关联。绝对"自律"的艺术,其实不存在。和声虽以泛音的自然现象为基础,但由此建立起的调性体系,是高度人为的成果。康德在他的论述中,并未专究调性中的种种"人工性"。音乐终究不是高山流水,不是"自由美"。历史中,它的成熟期来得如此之晚,就因为要将抽象的音高赋予意义,是一项异常艰巨的挑战。直至大小调体系的确立,声音才终于寻得了一种具有丰富意涵的形式;它不仅对于创作者,对于听者也同样,须以相当的知性经验为前提。正是在知性的框架之内，人才得以领略调性中蕴含的和谐、不和谐、冲突、解决等诸多变化，并与之产生精神的共鸣：愉悦、悲伤、平和、愤怒……一句话概括：调性不仅仅是音乐的形式，更是它的"内容"。对这一点的忽视，是形式主义致命的疏漏。

在叔本华《论音乐》一文中，我们更可以清楚地看到这种美学观的直接影响。叔本华称：音乐的倾诉"徒具形式而无具体内容"。所谓内容，乃是"添加陌生的和任随人意的累赘……我们更应该去直接和单纯地理解音乐本身"。不消说，这与康德的立场如出一辙——日后，叔本华的论述同样成为勋伯格无调性理念的支柱。

固然，在康德及叔本华的时代，人只知道有调性的乐音。直至勋伯格所处的 20 世纪初，音乐才开始暴露出它深处的二元性：一面是知性的含义，另一面是绝对的抽象。在调的世界中，它们相合为一、不分彼此；但也正是这表象的融合，使康德等人轻易地提炼了其"形式"，却未想到对它的绝对化，最终会走向对调性的倾覆。当形式获得绝对的自主，当它不再顾及内容，便会引向另一极立场：一切"音符之外"的维度皆可弃之，普世的诉求也将变为绝对的主观——这就是现代主义音乐。这就是无调性革命。

在此，有人或会质疑：无调性的作品听来并无感性，这样理性化的风格，何以是"主观"的？这是一个普遍的误解。

倘若人谈感性，谈的是个人体验，那么勋伯格恰恰不在乎我们的体验——如果感性代表"忠实于自我"的话，那么他的音乐才是真正感性、真诚的。在勋伯格这里，创作固然基于其严格设定的理性规则，但这正是他极端个人主义的明证。

勋伯格提出，只有在摆脱调的传统框架后，音乐才可以成为一门真正个人、自律的艺术。在他眼中，音乐服从调性，就是屈从于某种强权——凡是调，其音必有主次之分——这就是一种权力结构的不平等，是主要音对次要音的"统治""压迫"。而他从调性的历史，从它由原始的形态逐步精致化、体系化的进程中，看到的也多是人为发展的成果，而非自然规律的衍生。

如此一来，颠覆这种"人为的不平等"就显得迫切了。这其实并不难实践：作曲家只需自行设置一组音列，并严格依照它谱写全曲，同时避免使此音列中的任何音符比其余音符重复更多——如此，便没有哪个音是"更主要"的了——调的世界即刻瓦解。"自律即自由"的音符，推翻了统治它们的主人——勋伯格坚信，这才是对音符的平等化，一场真正解放音乐的行动。

我们不难看出其中的"共产主义"意味。难怪许多左翼思想家，从阿多诺到齐泽克，无一不是勋伯格艺术的钦慕者。

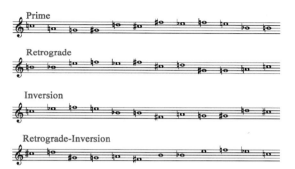

勋伯格无调性技法，又称"十二音技法"。作曲家将十二个音符的顺序（一个八度内，总共十二个音）自行编排，再通过"镜像"构成四组音列：Prime（主音列）、Retrograde（逆行音列）、Inversion（倒影音列）、Retrograde-Inversion（倒影逆行音列）

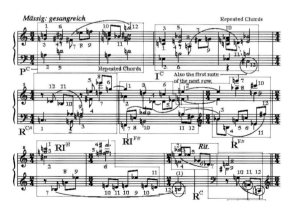

四组音列（简称"P""R""I""RI"）里的十二音符被依序标号，架起全曲——"自律即自由"，你同意吗？

在阿多诺眼中，浪漫主义音乐仍是"资产阶级意识形态的产物"，而无调性则代表着旧有秩序的必然瓦解，是新时代的预言。当然，从政治、社会的视角来论述先锋音乐，其立意发人深省。但艺术终归不是政治，无调性也非共产主义。本质上，它还是形式主义的成果——也仅仅是出于形式的立场，使勋伯格从勃拉姆斯的创作中看到了大量动机技法的革新，并冠之以"进步者"……

勃拉姆斯在他的音乐中，确实不乏独到的创新。但终其一生，他从未真正向前看过。背对浪漫主义的滚滚洪流，他只一味固执地回望那个辉煌璀璨的古典时代。如查尔斯·罗森所说："勃拉姆斯的全部创作都在倾诉着同一句话——'我生错了年代'。"我无法想到还有什么，会比"进步主义者"这一称谓更令他厌恶的了。与其说是勋伯格借前辈的"进步"为自身正名，在我看来，更是历史对浪漫主义的莫大嘲讽。同时，也一并嘲讽了勋伯格：摒弃了调性的音乐，再也没有了曾经取之不尽的美学土壤。当勋伯格日渐沉醉于他所构建的象牙塔时，又真的有过任何"共产主义"的理想吗？

但"进步"，的确在发生着：无调性音乐风靡半个世纪后，终归作为过时的历史现象被遗落。然而此情此景，想必勃拉姆斯、汉斯利克在世，也不会有半分欣慰。西方艺术音乐再也没能焕发18、19世纪的荣光，即便在当今流行乐领域，调性语汇也一并丧失了曾有的原创动力，而堕入无休止的复制、对复制的再消费、再复制中……调性的复兴还有可能吗？如果它注定不复曾经的辉煌，那么，是否勋伯格本人的选择，也就是历史的选择？

历史延续着一个观念的进程，也是历史，揭开了它深处的悖论。从纯音乐到无调性，就是一部关于"自律"的观念史。在康德写下他关于自律的惊世之论时，又是否听到了——他字里行间潜伏的危机之声，听到了那个推倒一切的20世纪？

"音乐，只为它自身而在。"这是跨越两个时代，是勃拉姆斯、勋伯格先后坚守的伦理立场。今天，面对艺术音乐愈发边缘的处境，音乐家还该坚守什么？

[左] 纽约大都会博物馆一楼。彼时已闭馆，展厅安静了

[右] 北京国家大剧院，我的独奏会现场

看不见的博物馆

许多年前，陈丹青曾在《阶级与钢琴》一文中，这样描述他深夜偶遇音乐的经历：

> 在北京、上海、南京，我几度有幸与巴赫或肖邦的钢琴幽灵在浓黑楼道中相遇……奇怪，在纽约林肯中心或卡内基音乐厅正襟危坐聆听名家演奏，也不如在这陌生楼道的家常阵地中驻足偷听，魂灵出窍，感动莫名，哪怕偷听的只是小童的初习……

在此引用这段文字，确实有些自嘲的意味。年华匆匆，我再也回不到小童初习的岁月，也从未希冀某位路人会是古典乐演奏的知音。但我想，让那时的陈丹青感动的并非是弹奏，仅仅是弹奏在那样的深夜，自己又是那样的路人。路人、深夜……当自我敞开在他者的神秘中：音乐总是在这样的时刻最贴近我们。所谓"知音"——未知面，只闻声——不也仅仅是听者耳中的一段偶遇吗？

自然，我要写的不是这些。多年后，我才意识到自己当时的感怀源自何处：它就是上述文中"正襟危坐"这四个字。倘若邂逅，是在开放、未知的现实中，在预定条件框束外的一段偶发，那么，当人在隔绝外界的音乐厅中正襟危坐时——在远离了驻足于深夜的外界，在属于聚光灯与高墙环绕的庄严场所中——又是如何遭遇音乐的？

乍一看，此事的意义关乎"空间"。似乎只在音乐厅这样一个封闭、隔绝的空间里，我们才得以"严肃"地聆听作品。而这般孤立于俗世的场所，不难让人联想到另一个神圣的艺术殿堂——博物馆。

不同于声音的开放，画面是闭合的。如果听觉意味着流动，那么视觉则是凝聚。当一首乐曲成了我们唯一专注的对象，我们是否不仅会聆听它，也同时会聚焦于它——正如面对一件美术品那样？倘若正襟危坐的真正威力，并非只在于逼人全神贯注地倾听，更是强迫听者去实践另一种意义——一种"凝视"音乐的意义呢？

此番"狡辩"，并非无缘由：史上第一批独立的、只为举办音乐会而建造的场所，就是以"音乐的博物馆"这一身份亮相的。甚至，作为 19 世纪方才兴起的晚近现象，独立音乐厅的出现，就是为了使每首乐曲在根本意义上，成为一件"美术品"。

＊　＊　＊

音乐与美术，当然不可比附。将音乐厅视作博物馆，与其说是对音乐的美术化，其实是一种"浪漫化"（此两者都是浪漫时代的产物），也正是浪漫派的代表人物李斯特率先宣示："我们要建立一座音乐的博物馆。"古典音乐是表演艺术，还是博物馆艺术？如此发问就已吊诡。然而，它就是现今艺术音乐无法调和的两极。也正是现场、博物馆这一对矛盾，造就了"古典音乐"这个颇有歧义的称谓，更拉开了它与流行、民俗音乐之间的距离。

就流行乐而言，想想如今眼花缭乱的选秀节目中，有多少是演唱原创的歌曲，又有多少是对故往经典歌曲的重新整编？——对旧有歌曲的翻唱，从来都是流行乐的常态。而在传统民间音乐，或以即兴为主的爵士音乐中，此类做法则更为普遍。但除了极少的跨界尝试，它们几乎绝迹于当今的古典乐界。

或曰：古典作品中的"改编曲"一类呢？譬如，李斯特不就是在钢琴上改编了舒伯特的许多艺术歌曲吗？诚然，但这与流行歌曲的翻唱有着根本的不同。古典的改编，仅仅是"创作"的特权。演奏者自身无从获有改编的权利：非经作曲家之手，演奏便不能变动一音一符。在古典音乐会现场，演奏者对任何已存作品的即兴改动、任意改编都是近乎"亵渎"的；他不仅须将每个音符原封不动地呈现，甚至连作曲家所标记的每一处速度、力度、表情记号都要尽力忠实地传递。虽然音乐自身的抽象特质，使这些记号无须，也不可能被标准化（连贝多芬也说，"你不可能为'感情'标上节拍速度"）。当演奏家尽力追求"怎样的诠释才接近作者心中的理想"时，他们最终呈现的，还是他们自己。

人如何不去做自己？但对原作的绝对忠实——似乎真有一个固定不变的"原作"立于某处——不仅早已成为当代古典乐界的统治观念，它几乎就是演奏艺术的"道德底线"。说来话长：早先古典音乐的演奏传统并非"忠实"，而是"即兴"。大多数17、18世纪的演奏家，全是技艺高超的即兴家。仅仅在19世纪后叶，这一传统才突然没落……与之同时，"忠实原作"的观念迅速崛起。

忠实也好，底线也罢，问题的核心，在于"作品"概念的诞生。而"作品"的问题，就是音乐史的问题。

古典音乐三百年来的辉煌成就，使我们几乎忘却了此前那段悠久、沉寂的早期音乐史。对中世纪前的绝大多数音乐，我们知之甚少，在记谱通行前，它们无从进入历史。音乐是所有古老艺术的"孩子"。在漫长的古代，它无不是作为其他

莫斯科音乐学院大厅，演出进行中。两侧，作曲家的肖像沿墙排开，犹如列阵

表演形式的依附——诗剧、戏剧、舞蹈……如此，寻求确立它自身的理论，就成了古代音乐最紧要的任务。至中世纪末，占重要地位的音乐家几乎都是理论家，演奏家居次，"作曲"的概念几乎不存在。那时的宗教仪式往往只奏被事先规定的教会曲调，即便需要原创，也由理论家与演奏家共同承担。创作、理论、演奏，三者长久以来的暧昧关系，使人无从界定"作曲家"这一身份的确切起源。严格说来，独立作曲家的身份仅仅是在1750—1820年的维也纳古典乐派时期——更准确地说，是直到贝多芬时——才确立的。并非偶然：这与"古典"称谓的首次使用，几乎接连。

　　一切还是要回到"作品"概念的诞生。它背后，连带着整个18世纪的思想背景，牵动着西方艺术史的整体命运。

＊　＊　＊

　　汉语中，"艺"即能力，"术"即技术。在古希腊，艺术一词 Techne，即"技术"。今时更为通行的艺术一词 Art，源自拉丁语 Ars，意为"制作"；希腊语中，诗歌一词 Poiesis，同指"制作"。不难总结：在古代，艺术就是"制作的技术"，既包括技巧的展示（音乐、舞蹈），也包括制作精良的产品(绘画、雕刻)。

注意，产品不是作品。两者有着截然不同的性质。"作品"，作为18世纪后方才新兴的概念，指不具任何世俗功用的、纯粹自足的存在。产品则有明确的实用性，或为权贵服务，或为公共所需。因此在古代，艺术品的社会意义与我们今时所称的工艺品并无大异——艺术家，实际就是匠人。

千年以来，"美"，从未脱离对"真""善"的模拟。一尊古代人体雕像，不仅旨在仿照现实中的肉体；其体态、质感、比例，同样是对某种社会秩序的模仿。陶瓷器皿、宫殿穹宇，概不例外。同理：天国和谐、神的圣洁，都是早期音乐试图映照的对象，而文字与绘画对自然神话的描绘、再现更无须赘言。总之，一切艺术都在某种"模仿观"的统摄下。

直至18世纪末。一场思想的革命悄然掀起：倘若美是普世的，那是否所有艺术的模仿对象，最终是同一种本质？温克尔曼在那时提出，"理念"才是艺术的根本。美，应超越具体的模拟，投向某种更高的诉求。黑格尔在那时写下："与任何奴役状态截然分开，以便把自身提升为真……在这种自由中，美的艺术才是真正的艺术。"不动声色地，艺术从模仿的角色中走了出来，不再作为服务世俗的产品，也不再一味仿照自然，反之渴望成为如它一般长存之物——一如在某个隔绝世俗的崇高殿堂中，被恒久地陈列、膜拜…… 仅仅从那时起，它们才成为一件件"作品"。1793 年，法国大革命期间，为公开王室的典藏，卢浮宫成为第一座面向所有大众开放的博物馆。昔时王权的附庸，成为被膜拜的新主人——自此，艺术进入公共展览的时代。

*　*　*

相较当代音乐会中的"正襟危坐"，19 世纪前，因各种荒谬的原因导致音乐中断的例子不胜枚举。莫扎特就曾抱怨，谁也不认真聆听他的乐曲。E. T. A. 霍夫曼写到在某一场合聆听巴赫《哥德堡变奏曲》时，演奏还未过半，许多听众已纷纷离场……至 19 世纪初，宫廷和沙龙的演奏会无不是统治阶级、社交礼仪的附属。乐曲很少从头演奏到尾，有时因场合的规范不得不做删减，有时则无所谓演完。

创作服务于演奏，演奏服务于场合——这就是彼时音乐界的等级秩序。巴赫从未将他的乐曲看成"自己"的。除了为私人陶冶、默习的键盘曲，他的大部分音乐均为其所在教堂的礼拜仪式而作。为场合量身定做，表明乐曲的演奏同样是单次性的：作曲家往往不将定稿，而是将其首演视为创作的"完成"。海顿就将他《伦敦交响曲》的完成日期标注为1795 年，即其首演的年份，即便此曲早在数年前就已定稿。

音乐应场合而生，也随场合而死。19 世纪以前，一首器乐曲在首演后还将再演的现象几乎闻所未闻。直至 19 世纪初，在唯美主义、浪漫主义思潮的全面席卷下，创作才逐步从舞会、庆典、宗教仪式中脱身，也一并从演奏中脱身，成为某种超越场合的存在。音乐学之父福克尔在 1802 年提出："要使一首乐曲长久不衰，最有效的办法就是在大庭广众之下公开演奏它。"某种固有的关系悄然扭转：音乐不再屈于场合，相反，它要求一个永久的场合为它而在。1835 年，李斯特郑重宣称："我们要求建立一座音乐的博物馆。"他不仅是第一个提倡并实践了"独奏会"这一形式的音乐家，也是历史上大规模演绎前辈创作的第一人。秉着这样的理念，一座座陈列不朽作品的殿堂拔地而起。它们共同堆砌、构建起了一个更大的、形而上的殿堂，并赋予了它一个意在恒久的名字——古典音乐。

* * *

物的恒久，源自人恒久的凝视。这也正是"作品"取缔"产品"之处：产品希冀于人的凝视，但作品"要求"我们的凝视——谓之"要求"，仿佛它也在同时凝视着我们。只在这双向的聚焦中，一件作品才获得了它最渴望获得的特质——

一种超越时间的特质。音乐厅中，时空被超越了：音乐脱身出原有的历史语境，遭遇来自当下的聚光，流逝的美凝固下来，成为那些永恒的静物。我们不再仅仅聆听；我们凝视它们，长久地、深入地、集中地。

19世纪起，音乐的价值，开始由"外在"转向"内在"。那些深隐的意义，在我们凝思的专注下渐渐显现。谢林在那时提出：人应该追求、深入那些更精神化的事物，并感受那难以言说的存在。还有什么比音乐更"不可言说"呢？他写道："音乐表现的是如此纯粹的运动。是对任何其他对象的抽象，并且插上了无形的、近乎精神的翅膀……"沃尔特·佩特更进一步："所有艺术，都恒久地向往音乐的境界。"贝多芬更是绝对："音乐，是比哲学更高的启示。"

1870年，贝多芬诞辰百年。瓦格纳在颂文中说："他不同于以往任何一位作曲家。音乐由他开始，从美走向崇高。"这倒也应了贝多芬自己的话。现在想来，是19世纪的哲学将音乐奉上神坛，也让自身臣服在它的光环下。1888年，尼采在他的书中自言自语："没有音乐，生命是一个错误……"

"生命是一个错误。"对那时的欧洲，这话也许还有一层意味。千年来，生命来自造物主，"创造"，从来只是上帝的特权。受制于模仿观的古代艺人并无资格创造，他们仅仅是在"制作"。直至18世纪，当艺术与自然的关系发生位移，当时代终于为"个人"加冕（康德在那时写下："天才是一种产生出不能为之提供任何限定的才能。"），创造的古老立场才开始转向。艺术家一跃成为新的"造物主"：他不再受制于主教、王爵的无上权威，也逐渐摆脱了对他们的经济依赖。在此后袭来的资产阶级革命大浪中，作曲冲破"订件委约"的藩篱而涌向自由市场，个人版权的概念也随之确立……这一切，都指向了一个新身份的诞生。

那是一场悄无声息的造神运动。作品既已居于"不朽"，它的创造者也该被同等对待。在诸多浪漫主义作曲家眼中，贝多芬就"不是人"。而这个"人"对固有教条的鄙视，他毫不妥协的个性，更使其成为这一历史转折的象征。1800 年前后，以他为分水岭的第一代独立作曲家，就这样以不容分说的姿态宣示了对创造一词的新主权。早于尼采那句"上帝已死"，当贝多芬对他的朋友咆哮道"史上有无数王公侯爵，但只有一个贝多芬！"时，能听见自己这番话在此后两个世纪里的久久回响吗？

也许，他真的可以"听见"。如我们肆意想象：此时此刻，他是否正存在于大大小小的音乐厅里，注视着我们对他作品的每一次致敬……是否听者正是感到了某道来自彼端的凝视，恍若某种神秘的在场，才这样正襟危坐，一如在某幅自画像前驻足出神的那刻，感到画中人也在深深逼视着我们……在这样一个全然封闭的空间里，我们在聆听作品的同时，是否也在意识深处望向它们身后的炯炯目光，望向那座挂满了肖像的古典音乐殿堂……

聚光灯下，这些肖像缓缓而歌。谁能道出聆听与凝视的神秘关联？我们知道，"看"，绝对静止，"听"，永在消逝。音乐会中令我们神往的，究竟是永恒，还是当下？

在他的众多肖像中，"目光"成了这位聋者表达自我的唯一渠道。
这幅《贝多芬野间散步像》，难得地隐去了他犀利的眼神。但看
呀——他依旧是贝多芬

叙事的神话

晚期的讯息

如今说起"古典音乐",大家脑中首先跳出的,就是一个个作曲家呼之欲出的形象了吧。他们各个生动、肃穆,定睛看着你——或许,它们就是通往这些人物核心的秘径……

的确,还有什么比这些作曲家的肖像,更适合作为古典音乐的"入门"呢。是否也鉴于此,世界各地的音乐厅和歌剧院都挂着它们?同样的视角,不也垄断着大多数乐史著书吗——我们总是先深入作曲家,再深入他们身后的时代背景……无奈音乐史,到头来就是一部部作曲家史。不过,在那些流传世间的经典肖像前停目驻足,不知有多少人能读出那些眼神中的讯息:它们中的许许多多,有的过分夸张,有的暧昧不清……

而可以肯定的是,总有一个人的目光,那样犀利、强势,神同暴君。有时我会诡辩地想,这个"聋子"正是不容许你对他的质疑和误读——一如他在作品中所要求演奏者的那样。

　　"必须如此。"这是写在贝多芬弦乐四重奏 Op. 135 终乐章手稿上的一句话。这个短句到底意味着什么，引发了后世的不同猜测。有关贝多芬生平的电影《永恒的爱人》还对它大幅杜撰，将其解读为作曲家与旧情人的诀别，并为这一场景配上了弦乐四重奏 Op. 130 著名的慢板乐章。如此，故事似也合乎情理了——这段慢板如此凄哀惆怅，就真像爱情的诀别似的。但不论真相是什么，"必须如此"，作为一个符号，确实可被视作对贝多芬一生的隐喻。无论生活还是创作，这样不甘妥协，这样不屈于苦难，他确实一直都在"必须如此"地去活、去写。相传临死前，他曾喃喃自嘲："喜剧结束了。"是否终其一生，贝多芬都过于执着地"必须如此"了…… 而我们又真能读懂他吗——是否最后，透过那道不容置疑的炯炯目光，我们还是无可避免地误读了他？

　　曾有一段时光，我每晚都会听那首弦乐四重奏 Op. 130。其实，他晚年所作的共五首弦乐四重奏（包括 Op. 135），每一首都令我着迷。可我最钟爱的，还是 130。这倒和那段电影杜撰并无关系（那是我儿时最爱看的作曲家生平电影）。我想，自己之所以被吸引，在于它确实传达着某种在他此前作品中我不曾听到的讯息。与其他四首一起，它们组成了一个难以解释的谜团。这是贝多芬最后的作品了——难道是某种临近死亡的内心投射？然而"人之将死，其言也善"，这些作品中所传递出的信号却那样诡异。在他稍早一些的晚期音乐，譬如最后五首钢琴奏鸣曲里，你也曾隐约听到类似的讯息，却从未像这组四重奏中所展露的这样极致、赤裸。毋宁说，他们自身就是一组孤立的风格，一种在此前、此后的历史中都未再出现的音乐。那些乐段中，你几乎听不到他中期作品里充斥着的英雄气魄，每当戏剧性的段落出现时，也毫无此前饱含的积极、肯定；相反，它们贯穿着某种扭曲——不是丑陋，更甚于丑陋——那是一种强行的逆反、执拗。而更难以解释的，是其中一些轻快的乐段：它们的旋律、织体无不散发着他早期音乐都未曾企及的优雅，似乎漫布着对古典美最纯正的记忆——似乎在那些时刻，我所听到的，已然是海顿、莫扎特的幽灵。

这正是它们的诡异慑人之处。这些片段绝非海顿、莫扎特艺术风格的试图重现。虽乍一听古典，却并无古典应有的鲜活感，更像是它死了的骨架：你耳中的海顿、莫扎特骷髅一般乖戾地朝你蹦来（其中可也有贝多芬自己的？倘若他早已感知到死亡临近的步履……）在这样的律动中，你无法舒畅地呼吸，无法捕捉任何确切对象，如同被关进一间暗黑的密室。你只能闭眼，感受这些骨架状的音节与自己的共鸣。渐渐地，你追踪到一丝熟悉感，一种在他早中期音乐里曾出现过的物质，在某个近处持续地脉动着。是的，你还是感到了某种生命力，某种神秘的原力。它如此神秘，以致你确信它从来就埋在他艺术生命的最深处，而现在——只当所有肌理被剔去——如黑暗中一道深幽的光影，照亮了它自己。是的，它并不为你照亮。它毫无自怜自艾之态，甚至有些漠然、冷酷。你猛然惊觉：这是某种尊严的时刻。或许，只在被剥夺自身的前一刻，尊严才会真正自由地起舞……

　　某一刻，我想起了斯特拉文斯基的《春之祭》——此中的少女不也正是以自己的身体舞蹈至死，以祭春天吗？但倘若《春之祭》是借传统之死，以祭现代主义之春，那什么才是 Op. 130 中的春天？是此后临来的浪漫主义吗？但乐曲中并无一丝浪漫的气息，连气味都嗅不到。这里没有春天，这里的暴力也没有牺牲物——如要说牺牲，它也仅仅是牺牲了自己。

　　这是我长久以来的困惑。我们无法简单地以"死亡宣言"去归纳它们。我们知道，大多数创作者的临终作品并无自传性、总结性的特质，贝多芬同样如此。反之，这些四重奏中出现了更多分裂的征兆，某种自我否定的特质——它回溯古典，又毫无对古典风格的迷醉；它洋溢着表现力，却又拒绝

"必须如此吗？""必须如此！"——弦乐四重奏 Op. 135 手稿

让这些表现力与我们达成有效的共鸣；它否定观众，同时，否定自己。

而在这层层否定中，最隐秘也最令人费解的，是它对浪漫主义的否定。无须介绍，如今贝多芬在历史中无可企及的地位，取决于他作为最后一位古典作曲家，又同是第一位浪漫作曲家的双重标签。在历史看来，他并非仅仅作为古典的终结者，而是主动、独断地将古典"领"入了浪漫：在对传统形式戏剧化的扩张中，他开拓出了一种更为自由的表现风格——许多人就是将贝多芬《第九交响曲》作为浪漫主义开端的。那么，以此逻辑，浪漫化的征兆应该在他最后的这组四重奏中最明显。

但事实相反。如果说我们还能从"贝九"，或他的其他作品中发现某种法国大革命之后的浪漫思潮，那么我们无法用它来核对这组晚期四重奏。尽管它们确比他此前的作品都更具戏剧性和表现力——其先锋性，远超几乎所有的浪漫主义早中期音乐。但即便这样，它们仍没有任何浪漫的影子——甚至，是反浪漫的。

阿多诺曾经在《贝多芬：阿多诺的音乐哲学》一书中，对作曲家的晚期音乐做过独到的论述。在阿多诺看来，一个艺术家的晚期风格确实具有某种"否定性"。而这个"否定"，更确切说，是一种自我分裂。与他之前的作品相比，阿多诺以为，此时的贝多芬不再追求音乐叙述的完整、连贯、统一，而是将它们一并摒弃。乐思在这里以混杂，凌乱，乃至相矛盾的形态显现出来。他不再寻求如何统合这些行散的素材，只是任由它们各自呈现自己。

阿多诺用了一个特别的词：放逐。如果传统意义上的"作品"，是各种素材被统一的成果，那么这些晚期音乐则是一种"自我放逐"，是对其自身的解体；且就是在这种解体、在对自身的放逐中，接近了更高的"真相"。于是，阿多诺说，它们是对旧有意识形态的突破，同时作为预言，揭示了一种新艺术的到来。

毫无疑问，在此，阿多诺是通过贝多芬，来映射他自身音乐观的左翼立场。对于贝多芬晚期作品中的否定性，阿多诺的论述是有极深洞见的。但他毕竟还是站在马克思主义的哲学立场来看待他们，而未基于贝多芬自身的创作角度。在他笔下，贝多芬晚期最终指向的，还是对旧有形式的否定。事实果真如此吗？

要解读这些创作背后的立意，我们还需跳开"晚期"本身，从贝多芬早先的创作风格切入。只有抓住他整个艺术生命的脉络，我们才能进入其晚期精神的深处。

对立与统一

我们知道，所谓古典风格，即 1750—1820 年的"维也纳古典乐派"，是直到海顿、莫扎特的中后期才真正成熟的。而它所倚仗的根基，自然是 17、18 世纪初逐步确立的大小调体系。

粗略说来，大小调体系中的稳定音，是由一组被称作"主和弦"的模型，以及与之相关的一系列泛音组成；而不稳定音则是以一组被称为"属和弦"的模型以及与之相关的泛音组成。"主"与"属"既相互对立，又互为从属。"属"从属"主"，即"不稳定"从属"稳定"。如此，两者间构成了某种既对立，又统一的平衡。至 18 世纪末的维也纳，这一体系以更极致，同时更富变化的形式，达到了空前的戏剧性与表现力。"古典"一词，即"经典"，起初即用以概括这个特定时期的音乐高度。

古典乐派最具代表性的成就之一，是确立了我们今天所熟知的"奏鸣曲式"。标准的奏鸣曲式将一个乐章分为三部分：呈示部、发展部、再现部。呈示部通常含两个主题。第一主题于主调呈现，第二主题（或曰"副题"）在属调与之呼应。双主题、双调性的设计勾勒出两者间的戏剧矛盾——此即"对立"。随后，整个呈示部在属调结束，以悬置二者间未解决的张力，为紧接的发展部保持应有的空间。发展部中，双主题在调性的持续演进下不断变形、此起彼伏，直至主调重新抵达时：音乐以第一主题的回归驶入再现部。副题紧随其后——但与呈示部不同，此刻它也回到了主调。最终，全曲在双主题完成调性的汇合后收尾——此谓"统一"。这就是古典的结构。

今天，"旋律"的意识经已深入人心。作为传世典范，海顿、莫扎特等人令我们记忆犹新的也往往是他们优雅的旋律。但注意：那只是他们音乐的外壳。古典的真正内核并非其旋律，也非其"雅"。论风格之雅，晚期巴洛克毫不逊色；论旋律之美，浪漫主义更胜一筹。古典的灵魂，在于其结构——确切地说，在其结构中饱含的戏剧力量。正是"对立统一"形式中充溢着的张力对比，那些细节的变化与呼应，那些均衡的冲突与解决，供给了莫扎特与海顿的艺术以经久不衰的魅力。这才是维也纳乐派的生命力所在。

那么现在，让我们回到贝多芬。

贝多芬 1792 年移居维也纳，拜海顿为师。此前，他一直在故乡波恩长大。波恩的艺术氛围远不及维也纳，因而年少的贝多芬鲜有接触到海顿、莫扎特成熟期的音乐，而至多是两人早先相对稚嫩的作品。如查尔斯·罗森指出：贝多芬的少年创作，在风格上与当时的胡梅尔、韦伯、晚期的克莱门蒂等人更相近。他们的音乐以更简明的伴奏、更悠长的旋律著名；这与维也纳乐派，即海顿与莫扎特后期，以凝练的乐思、丰富的戏剧变化为主的风格相异。注意：并非莫扎特和海顿，而是韦伯、胡梅尔等成了之后浪漫派风格的雏形，因为他们简单化的伴奏织体更能为浪漫的主体，即"旋律的自主"，提供更宽广、更自由的表现情境。

克莱门蒂等人对早年贝多芬的影响，在他定居维也纳、拜海顿为师后发生了深刻的转变。他虽最终与海顿分道扬镳，但正是从海顿那里，他逐步汲取了古典风格最成熟的创作手法，并在此之上寻求突破。

贝多芬最独到之处，在于他看到了"对立统一"的调性结构中蕴藏着远为广阔的空间。他开始运用更剧烈、更大胆的手法来扩展一切和谐、不和谐之间可能的冲突。于此，形式原有的戏剧性潜质获得了更极致的体现，爆发出在海顿、莫扎特的音乐中从未有过的破坏力。譬如，他经常粗暴地重复同一个不和谐和声，意在让我们听到它作为单一音响所内含的极限力量。又譬如，他经常制造一些突兀极端的强弱对比，以凸显这些和声、句式中本就潜藏着的对立。这些突兀、极端的"手势"，如同作曲家一次次强行的干预，作为打破乐思自然行进的手段（或"不择手段"），使某个细节凸显出它自身独一的特质，同时，暴露出它与整体之间的深层矛盾。然而就是这主观的干预，非但无损于结构，反而强化了它——所谓结构，不就是局部与整体的不断辩证吗？打个粗糙的比喻：假如整体是一具肉身，而局部是囊于其中的器官，那么贝多芬的写作则如同一具透视仪——它不仅要让我们看到肉身，还要暴露其中所有的器官。而正是这种"暴露"，揭示了结构自身的深度。

同时，我们也常常在他的作品中，听到许多低沉的慢板段落。它们截然不同于海顿、莫扎特抒情段落中那些悠长婉转的歌唱，而是以影子般的声响笼罩，以压抑的音量、锁定的律动、过于稳定的和声匍匐行进，拉锯出令人窒息的张力感。此处的静，具有近乎"屹立"的特质，在深情的表象下透射出某种冷峻的、不容动摇的"客观性"——的确，它们总是紧接在那些充满戏剧性的首乐章之后。此刻的深沉，已然不像来自作者的主观沉思，而更像是结构自身的庞大沉思。此中蛰伏的脉息，几近诡谲，而更其动人：仿佛是那非人的结构，自身在歌唱。

结构不再是陈腐的。贝多芬告诉我们：古典结构并不因它已成框架，才使我们迫于遵循其规则，而是因为它本身蕴含的内在力量，使之成为持久的形式。我们发现，在他相对早期的作品中，贝多芬就时有放弃用属调来呈现副题，而转用其他更为冷僻的调式替代之，以加倍凸显与主题段的对比，及由此构成的更大张力。如一柄锋利的短剑刺穿了传统的构图，"对立"变得更赤裸了。贝多芬明白，要强化结构的力量，就首先要突破它：因为屈从恰恰是一种"无视"，而对它的突破，才是更高的忠诚。本着这样的立场，自中年起，他开始更进一步探索织体的创新，旨在更凝练的形式中，达到戏剧最高强度的呈现。就是在这之中，他离克莱门蒂等人的影响越来越远，同时，距莫扎特与海顿后期的核心视角愈发相近。在结果上，他完成了对此二人的超越，但在更深处，他正是承继了他们的艺术遗产——他对传统的一切突破，反之更彰显了传统的真髓。

这就是历史对贝多芬的长期误解。大家通常认为，正因为浪漫派超越了古典的固有规则，使贝多芬在这个意义上成为他们的先祖。但两者的"相承"只在表象，却在根本的立场上相斥。浪漫派对古典的超越，在于将聚焦从"结构"转向"自我"，以崭新的想象与人文关怀逐步消解了古典的内在核质。而贝多芬相反。他不仅从没想过要消解它，反之，他增强并扩大了它的一切潜质。这样疯狂的扩张必定使他的音乐走向极端，已至接近"二元对立"濒临崩溃的边缘了；但他又总能奇迹般地，将如此极致的疯狂最终拉回到统一的中心。

最终拉回到统一——至此，我们终于窥见贝多芬艺术的核心。

古典之死

前已有提到，调性音乐的历史，就是一部探索"如何解决"的历史。有"问题"，才得以谈"解决"。在和声的语境中，正因为听者会将不和谐的声响看作"问题"，才会产生"解决"（回归）至和谐的渴望——调性就是如此统治我们的听觉的。

的确，是贝多芬第一个大胆拓展了"不和谐"音响中的戏剧性。但这与浪漫派的立意截然不同。浪漫派对不和谐音的使用，是为实现对"问题"的消解。不和谐之频繁出现，使听者逐渐习惯了其存在——如此，我们的听觉就不再把"不和谐"看作"问题"了。换言之，我们对解决的渴求便不再强烈。但对于贝多芬，抵达解决是必须的。一切不和谐、不稳定，就是为了那最后的凯旋，如此，音乐才能隐喻、呈现"精神高于苦难"的终极理念。换个说法：贝多芬笔下的"问题化"，并非如浪漫派那样，将问题不再看作问题——相反，他正是把一切问题都"更看作"问题，如此，那最终的克服，才具有比以往都更迫切的力量。解决，就是在这个意义上，"必须如此"。

　　以他晚期著名的降 B 大调钢琴奏鸣曲 Op. 106 "槌子键琴"为例。贝多芬在此放弃了使用属调，而采用了与降 B 大调关系最远的 b 小调来作为新的对立调，并将它作为一根埋伏的线条隐在全曲中，只在最具戏剧性的高潮段落，作为对主调的反抗、否定，才突然毫无征兆地、爆发式地呈现出来。由此达到的戏剧性是惊人的。它并非以传统高潮的形态——乐思的持续推进、累积——展现出，反之，是在乐曲的声响逐渐淡化乃至消失的那一刻，由那条深埋在结构核心的导火索，爆破般瓦解了表象的音响：b 小调与主调降 B 大调的内部矛盾瞬间外化了。如果传统的高潮是自我肯定的，那么贝多芬这里的高潮则是一种自我颠覆——甚或，一种"反高潮"——以暴露自身的做法否定了高潮，再通过这层否定，否定了乐曲的主调音响。这就是贝多芬的天才——何止天才，更是一个形式上的巨人。我不禁想，是否只有听不见声音的作曲家才能具有如此"空间化"的视角……

　　而诸如此类的极端对立，是为了那最终的解决。在此后的乐章行进中，随着乐思的不断演变、冲突、转化、解构，贝多芬还是将 b 小调整合进了降 B 大调的音响中，并以后者的最终胜利结束。作为结构，"对立统一"在这首作品中，展现了它所能展现的极限形态。

再以同样的视角看看他的另几首晚期作品。我们知道，晚年的贝多芬越来越喜欢使用一些旧有、过时的曲式，并赋予这些濒临绝境的"物种"以新的生命力。他的最后一首钢琴奏鸣曲 Op. 111，仅由两个乐章组成。它们都各自基于一个旧曲式：一乐章是赋格，二乐章是变奏曲。整首奏鸣曲就是一次精神的对立：第一乐章为 c 小调，以充满抗争性、戏剧性的叙事贯穿全乐章；第二乐章则是 C 大调，以内省、凝思的语言，经层层升华后，在冥想般的情境中静止。以这两个乐章在叙事、精神层面的反衬，还有什么比这样的构思更能凸显"对立统一"的立意了呢？这就是贝多芬——以双乐章本身作为对峙的形式，已然是对古典主义最简练、最有力的宣言了。

再看他的钢琴奏鸣曲 Op. 110。全曲共三个乐章。其中，末乐章以两个不同分段的交集构成：第一段，降 a 小调，为一首深沉绵长的咏叹调；第二段，降 A 大调，是一首骨干分明的赋格曲。两者在织体、调性、情境上，均互为对立。可更深一层的对立，在于咏叹调悲悯的旋律，其实源自此前果敢的二乐章；而赋格曲骨干分明的动机，则源自开篇真挚柔情的一乐章。这是对一二乐章原有情境的颠倒。本就互为反差的两者，即以这样的形态汇合、冲突于末乐章。简直是"对立的对立"：随着这两个分段来回翻覆，层层叠加，矛盾与张力在其间不断积聚。在末乐章节节攀升的尾声高潮中，隐喻着首乐章的赋格主题终于高昂凯旋，做最后一次的宣言。整首奏鸣曲，就是一场自传式的精神叙事，一份"对立统一"的典范文本。

与浪漫派逐渐走向对古典的摒弃相反，贝多芬就是这样从彼处往回走，走入传统根基的深处。虽然他的回归途径是这样曲折，这样大胆，这样极端，但在根本上，他是一个比莫扎特、海顿更"绝对"的古典作曲家。这就是贝多芬艺术的矛盾性。一方面，他以前无古人的意志力、想象力开拓了音乐中尽可能的极限；但另一面，在维护调性体系的正统、捍卫其最根本的结构上，他又是一个绝不妥协的保守主义者。这种保守是贝多芬最具魅力之处，也是世人对他误解最深之处。在生命的最后岁月，他抱怨维也纳的听众已不再爱听他的作品了，抱怨他们开始迷恋那些年轻人所作的"时尚的新音乐"。他口中的那个新时尚，自然是浪漫主义。临近生命的最后期，他依旧拒绝这样的浪漫。但他也同时清楚：古典风格本身也已走到了尽头。并非因为时代或主义的更替不可避免，而是因为他自己，在一次次疯狂的扩张中，"对立统一"

的形式传统已然耗尽了它全部的生命力。在其晚期的四重奏中，在与浪漫主义决然割裂的态度下，他最后一次，以最极端的方式，宣读了自己艺术生命的死亡宣言，同时，宣读了整个古典乐派的死。那些音里行间所闪烁的苦痛、晦暗、幽邃，早已不复此前的光芒与能量。在那里，贝多芬确实达到了他一生都未曾达到的高度，或许也是在这种高度上，体悟到了我们所不能体悟的寒冷。

确实，他总是与时尚格格不入。他也并不如他之前所笃信的，是一个革命者。在死亡的真相前，矛盾似乎颠覆了统一。只有在一个形上的维度里，我们才似乎看到了某个终极的统一：他以自身的终结，不，以他主动的选择，统合了整个古典主义的命运。从 1750 年到 1820 年的音乐，不论是它的巨人们还是它的未来，全部统一地走向了终点。当那些莫扎特、海顿式的轻快旋律以诡异的躯干悠悠起舞时，古典乐派，这个调性音乐的黄金时代，在褪去了曾有过的一切生命力的外衣后，以拒绝同情的姿态、不再粉饰的表情，这样走进了历史的怀抱。它是音乐史中最最短暂的一页。但这一页，不仅以它无上的天才、幸运，也以它最后的背影，写下了西方音乐最雄辩的一章。

1989 年，柏林墙倒塌。美国指挥家伯恩斯坦率领德、法、英、美四国乐团在柏林音乐厅演出贝多芬《第九交响曲》，数万人于电视前观看。许是年迈，伯恩斯坦的指挥速度有些拖沓。但他的人格魅力，他浑身充溢着的人文情怀，仍旧令每一个音符都释放出强劲的生命力。当"欢乐颂"的尾声在狂欢中戛然而止，伯恩斯坦停了数秒不动。间或，在掌声轰鸣的前一刹那，他叹出了一口气。

那一刻，我竟忍不住涌下泪来。贝多芬生前历经大革命的失败，但他毕竟没有目击纳粹惨剧以及东西德分裂。"欢乐颂"中的那句"全人类都是兄弟!"，写于全德统一的一百六十五年前。

一百六十五年。假如那句话是为 1989 年而写的，可能就不那么动人了。据说"第九"完稿时，贝多芬曾力争于柏林首演此曲，因他对维也纳"越发庸俗的审美口味"彻底失望。可惜，柏林首演最终未成行。

他听不到柏林人的狂欢了，柏林人听到了一百六十五年前的他——也许，唯有在这个意义上，贝多芬才是一个浪漫主义者。

1850 年的舒曼。彼时正赶上第一代银版照相的通行，万分幸运地，我们看见了他。我以说不出的理由，爱这张肖像——还有哪位作曲家，有过这样的姿态和神情吗？

失落的真相

何谓浪漫

　　"浪漫"是一个危险的概念。历史上，它的含义总是暧昧不清。

　　说来讽刺，在音乐史中，"浪漫"起初是被用来形容古典主义作曲家的。伟大的德国小说家 E. T. A. 霍夫曼就最先将海顿、莫扎特、贝多芬并称为"浪漫的音乐家"。在霍夫曼眼中，他们仿佛镜像般的存在，让他看到了自身所在的世界。霍夫曼写道："器乐音乐是最为浪漫的艺术。它没有具体的题材，因而它的题材，就是无限本身。"只当我们沉醉于一件永恒的事物时，才更能领悟到自身的渺小，同时，燃起对永恒的更大渴望。在这个意义上，无怪乎最先提出"忠实原作"概念的，正是霍夫曼。这是浪漫主义内含的一道悖论：个人的想象与渴望，反而引致对无上威权的尊崇——20 世纪初，它也正是这样为法西斯主义所用的。

　　浪漫一词的由来，有着复杂的源起。最初，它意指西欧通行的"罗曼小说"（Romance），题材或为古老的英雄传说，或为中世纪的骑士列传。所谓"罗曼"，多指此类小说常以法文、西班牙文、意大利文等西欧罗曼语言书写。约1790年间，第一代浪漫主义者施莱格尔首先用"罗曼诗性"（Romantic Poetry）的概念来表述自己的文学立场，并和以希腊文、拉丁文书写的"古典著作"（Classic）作为两种相对立的精神以示区分。在施莱格尔眼中，后者象征着启蒙运动所推崇的理性完美，前者意在唤起个体的创造与想象。

英雄与骑士传说之外，浪漫主义另一题材的滥觞，是大自然。一切自然景观都是它取之不尽的源泉：想想诸多19世纪文学、美术作品的经典场景——悬崖濒海，雾中凌峰，落日远霞……作为对启蒙运动、工业革命的反应，早期浪漫主义者对高度理性化、市民化的社会感到绝望。对于他们，回归自然，即是回归孤独与自由。

大自然在这里，也泛指一切久远、永恒之物。这是关键的一点：浪漫的想象，并非凭空杜撰——自然景观、古老传说，无不已是遥远的遗迹。18世纪版画家皮拉内西初到罗马时，便被那里遍布的残垣断壁所震撼："这些废墟给予我的精神想象，是那些精确的描绘所远远无法企及的。"借诺瓦利斯的话总结："在距离中，一切皆浪漫。"在那些时刻，观者所凝视的已非眼前的景象，而是心中某个永恒的想象。而只有被想象之物自身久远，我们的渴望才有了深意，如此，想象与被想象之间才会产生更大的张力、激起更大的渴望。

以上这些，到底说明了什么？

说明浪漫主义是回溯性的。它的凝视不在当下，不在未来，只朝向过去。一如拜伦在《哀希腊》中对古希腊的无尽追缅；一如诺瓦利斯对"黄金国"的想象，源自令他魂牵梦绕的中世纪；一如瓦格纳、勃拉姆斯对贝多芬的致敬。没有贝多芬对形式的苛求，就不会有勃拉姆斯的四重奏、交响曲；没有他音乐中充溢着的"整体性"，也不会唤起瓦格纳对"整体艺术"的炙烈想象。

不过，问题来了：贝多芬对 19 世纪音乐的大面积笼罩，主要始于瓦格纳、勃拉姆斯之后。在第一代浪漫主义者中，舒伯特的个别作品除外，我们少有见到那位巨人的"阴影"。他们无不景仰其人，但他们自己的创作不仅没有那样的形式性，也鲜有对整体结构的执着。相反，第一代浪漫作曲家更偏爱那种"碎片"式的短小体裁；瓦格纳之后开始的，那种对宏大叙事情有独钟的思潮，几乎不见于浪漫早期。为什么？

我愿说：因为浪漫，本就不是一个主义。如果"主义"代表一套固定的话语或理论体系，那么所谓浪漫，仅仅是一段距离，一道回溯的目光。齐泽克曾写道："如果说古典主义唤起的是曾拥有过的东西，那么浪漫主义试图唤起的，则是那些本就不曾有过的。"齐泽克一针见血。浪漫的本质就是失落。不仅那些想象之物不能被真正拥有，甚至连那个想象自身，就已是"破碎"了的。

"一千人眼中一千个哈姆雷特。"历史又何尝不是这样？在凝视着它的道道目光中，分裂成无数的面。如施莱格尔所言："许多古老的事物已成碎片，许多当下的事物正生于碎片中。"倘若古典是一座美轮美奂的花瓶，那浪漫就是它的碎片。一座花瓶的形状、色彩、雕工、图案，皆以它们各自的"功能"服务于那个整体：这就是古典的理念。而当它已然破碎，其中的每一片便成了一个新的存在，不再作为整体的一部分，也不再具有了整体所赋予它的"功能性"，成了一片片独立、散落着的美。而后有人将其中的一片拾起，凝视、感受它的破碎，并在脑中拼凑出那个久远、完整的曾经。然而，正是碎片能激发出整体所不能激发的更广阔的思绪、更深远的情怀。人只能在这当中反思自身的处境，感叹自我的失落：这便是失落的浪漫主义。这才是真正的浪漫主义。

缺席（一）

早期的浪漫主义音乐家便是处在这样的情境中。他们还没能寻到真正得以凝视的对象：他们身后的历史 —— 那一片古典的遗迹 —— 离他们还太近，如同近得无从聚焦的镜头，在一片阴郁的晨雾中，仅有些许景物依稀可辨。他们只能任由自己失落的思绪面对那片模糊的过往茫然抒发。但就是这种无可依附的处境，才是浪漫主义音乐最为可贵的状态。那才是浪漫的主体：那个无所凝视、无以自知的"我"。

但这样的浪漫主义者太少了。早期浪漫与晚期古典离得过近，几乎重叠。无论舒伯特、门德尔松，还是部分程度上的肖邦，无不在精神上与古典主义若即若离。他们之中，只有一位叫罗伯特·舒曼的躁郁症患者，纯粹、诚恳、近乎残忍地实践了那个真正的浪漫。

现今有不少思想家将舒曼与贝多芬做对比。罗兰·巴特就是其中之一。他认为，与贝多芬相异，舒曼的音乐强烈地匮乏结构性。这倒不在于其最具代表性的作品几乎都是散装小品或艺术歌曲，不似贝氏以庞大体裁闻名，也并非因为他的创作匮乏戏剧变化。其实，舒曼的音乐充盈着戏剧性。但相较贝多芬的创作构图，两者的反差一目了然。贝氏的音乐有着强烈的指向，他知道自己要去哪里，该如何抵达那里。舒曼的戏剧则往往是无端的，许多充满激情的段落与其说是立意明确的高潮，毋宁说是难以抑制的宣泄。这倒也是他可贵的地方：相较肖邦对"雅"的洁癖、李斯特对"效果"的迷恋、贝多芬对"完整"的执着，舒曼不在意袒露自己的一切。

然而，如果将这种无保留的袒露单纯归于由躁郁症引起的"疯癫"，便又错了。萨特就曾说，舒曼是真正的"知识分子"作曲家。"知识分子"一词或许差强人意，但不可否认，舒曼的音乐确实盈溢着思想性，且这些将思想付诸音乐的尝试，超越了绝大多数 20 世纪以前的作曲家，包括贝多芬。虽然这些尝试总是被他时而分裂、时而迷乱的表达所遮蔽——仿佛思想在他那里是"缺席"的——但这正是他作为伟大浪漫主义者的天才之处。

举例，我们可以先看看他的《幽默曲》。

单单这个标题就显示了舒曼的独特立意。以当今的观念，幽默代表着玩笑的特质。但除去个别的欢快段落，这首乐曲全篇各处无不透着苦闷、怅然、绝望。他大可以想出更能确切表达此类情绪的标题，为何偏偏是"幽默"呢？

问题源自我们对幽默一词的长久误解。在《论幽默》一文中，弗洛伊德就曾强调，幽默是和玩笑相区分的概念。玩笑基于对快乐的欲求，但幽默不同——甚至，弗洛伊德指出，幽默有着庄严和高尚的本质。"幽默永远不会在发自心底的笑声中得到宣泄。反之，在幽默中，超我与现实断绝了关系。"在此，他引用了一个颇有意味的例子：

一个死刑犯在某个星期一被带到刑场，准备受刑。刽子手问他："你可有什么遗言要说？"死刑犯抬头望了望天，苦笑着迸出一句："瞧，这个星期开始得多美。"

在弗洛伊德眼中，这种面对现实，内心陡然升起的否定般的自嘲，才是幽默的本意所在。如此去看舒曼此曲中的讽刺、否定、绝望，或许便能领会他的心境。

且看下去。在二乐章的开篇，舒曼在左右手的织体中间，写下了一段小字体的旋律。小字体即暗示：它不必被演奏出来。而这个旋律，就是全乐章的主题。换言之，虽然左右手的织体是乐章主题的伴奏，但主题自身却在两手的共同呈现中，缺席了。

这一缺席，赋予了整段声响以某种空的特质 —— 仿佛"自我"的缺席，我们听到的是回声，它的主人却不得见。而当主题在乐章尾声再现时，舒曼索性连小字体的标示都撤下了：此刻，我们只剩下了作为回声的伴奏。通过对主题在乐章前后的不同标示，舒曼为我们揭露了首尾心境的反差。开篇处，主题虽是隐性的存在，但伴奏仿佛在暗示听者：顺着回声，我们还可寻至声音的主人。在结尾时，音的尽处，人已不在 —— 我们面对的不再是缺席的对象，而就是缺席本身。在舒曼之前，可有哪位作曲家对旋

《幽默曲》二乐章：缺失的旋律

律做过"消音"的处理？乐曲的中心不存在了，这是何其
大胆的一笔！但它并非仅仅出自构思，而是作者在精神上
对浪漫主义的"失落"有着真挚的体悟后，才能在他的艺
术中这样天然地流露。在舒曼笔下，思辨与精神总是难分
彼此，这也正是他动人之处。

　　更大的缺席，藏在作品结构的更深层。这首《幽默曲》
是降 B 大调，可在一乐章的主题里，我们却能听到半个降 b
小调的骨架。其实整首乐曲都在极为隐秘的声部进行中，静
待着走向降 b 小调的契机。无奈，这些尝试最后都失败了。
只到终乐章时，我们才依稀听到了小调的影子：但它依旧没
有完整地显现。全曲尾声的高潮中，小调骨干音作为大调声
响下隐隐作痛似的脉冲，揭示出某种深刻的悲剧性，抑或，
某种绝望的自嘲——一如那位死刑犯的"幽默"一样。

　　正巧，前章谈及的贝多芬奏鸣曲"槌子键琴"，也在降 B

大调，也有一个与它对立的隐形小调。如此来看，两者的差异更为明了：在贝多芬这里，隐形的对抗终将被征服；而在舒曼，隐去的则是他无法克服的自我。贝多芬充溢着精神的信仰，舒曼则直面现实的失落。

缺席（二）

不妨再看他的另一名作《狂欢节》。

《狂欢节》由无数小段构成，每一段对应一个人物。这些万花筒式的段落，其实来自同一原型——一组由四个音构成的动机。当然，在一段接一段的华丽出场背后，听者未必能觉知到它的存在。但在其中一个名为"斯芬克斯"（意为"谜底"）的插段，舒曼突然直接写出了它。同时，与《幽默曲》一样，他暗示你：这四个音无须弹奏出来。仿佛一个空白的插断——虽然它正是整首《狂欢节》的核心。乐曲中接连出场的角色因而有了更深的意味，他们犹如一具具假面，脸谱一换再换，真正的"我"（谜底），听者却未得见——也正因为不得见，这些"假面"反倒获得了独立的身份。还有什么比这样的构想更能揭示浪漫主义的本质了呢？

他的《C 大调幻想曲》，是另一个伟大的例证。全曲共分三个乐章。一乐章原是献给当时与他分隔两地的未婚妻克拉拉的。之后，为纪念波恩一座贝多芬雕像的落成仪式，他又另作了两个乐章，以合成这首《幻想曲》。一面是爱情，另一面是对前辈的致敬，哪一个才是真正的舒曼？在全曲首页，他摘引了施莱格尔的一段文字：

> 穿过一切音符的回响，
>
> 在大地多彩的梦境中，
>
> 有一丝轻弱的音传来，
>
> 为了那个聆听秘密的人。

直到近一个世纪后的 1910 年，学者才发现舒曼在首乐章中，引用了贝多芬艺术歌曲集《致远方的爱人》中的一段旋律。作为"秘密"，它贯穿全乐章，仅以碎片的形式出没在各声部之间——或开头几个音，或只有尾音，或省去中间的经过音——直到该乐章结束，才唯一一次完整地显现。

这就是舒曼。在通常的音乐创作中，被引用的素材总是在开篇的主题中呈示：通过此后乐思的发展、重构，作曲家逐渐将他人的素材变为自己的。舒曼却反其道而行，将引用放在结尾，几乎是对创作自身的消隐——一切自我的素材，最后引向了"他者"，引向了前人的遗迹。这是更深意义上的自我缺席。代表爱情的第一主题在乐章最后渐渐远去，同时，那段《致远方的爱人》第一次、最后一次歌唱。贝多芬原曲的歌词如下："拿去吧，我的爱人，这些我唱的歌。"

但秘密背后，还有秘密。

对照贝多芬的"致远方"原曲，我们发现舒曼仅仅引用了它的前半句旋律。那未被引用的后半句，是一组 5 个音的下行音阶。不仔细观察，你难以发现：它们正是《幻想曲》第一主题的头 5 个音。

这是"引用"吗？——毋宁说，是对引用的抹杀。在所有音乐中，5 个音的下行再寻常不过，几乎随处可见。如果不是舒曼在结尾对"致远方"前半句的引用，没人会留意到后半句的这组 5 音音阶，留意到这才是开篇第一主题的真正来源。而就是这不起眼的 5 个音，勾起了舒曼的"幻想"：它们在他笔下，伴随着一层接一层的不和谐音响，涌出巨大的、无所由来的激情——走向那"前半"的激情。

调性同样揭示了这一点。该乐章的主调是 C 大调，但它的主和弦却仿佛刻意躲避我们似的，纵观全乐章一次也不曾出现。这赋予了整个结构以超乎寻常的张力：我们被迫停留在幻想的冲动与劫难中往复，不得遁入解决。直到乐章尾声，当"致远方"的前半句最终呈现时，C大调主和弦才在旋律沉吟的倾诉中姗姗来临；同时，舒曼抹去了那后半句，抹去了自我唯一的足迹。主和弦在迟迟抵达的低声中静下，只留下听者自己——那个聆听秘密的人。

原本，这段结尾还会在第三乐章的最后——即全曲结束时——再现一遍。但在最终定稿时，舒曼又去掉了它。查尔斯·罗森曾指出，含再现的原稿更具新意，是作曲家出于保守的顾虑，最终舍弃了那一段。我思前想后，还是无法被说服：年轻时的舒曼，哪里少过大胆、极端的尝试？！

几年前的某下午，我曾以原稿的方式，在琴上试奏了这段结尾。乐思在终乐章冥想的情境中流淌，简明的琶音渐渐伸展、升华，在最后的高潮前骤然顿住——《致远方的爱人》响起，一乐章的记忆瞬时闯入——首尾乐章的叙事统一了。

多美啊。再返回现有的版本，没有了贝多芬的旋律，乐曲在简明的琶音中静静走向终止，毫无铺张，也不再抒情。我弹着，忽而感动：是的，没必要再现了。

其实，鉴于首尾乐章的终止无论在音响、情境上都遥相呼应，终乐章的最后本就能唤起我们对首乐章的追忆。有时在台上弹到这段，我会不禁想起那个原初的版本：谁能听见，这里还有一段呀……罗森或许疏忽了：这是更高的，也是更真挚的统一。全曲始于缺席，也自然会终于缺席。

台下

与贝多芬相比，舒曼并未试图"建构"什么。甚至可说，在最深处，他的艺术是反建构的。不同于古典乐派以"对立统一"的范式架起全局，舒曼在他文学化的音乐小品中，经常使用两个他自创的角色，彼此对立：佛罗伦斯坦、尤西比乌斯。前者冲动热情，后者自顾内省。然而注意：舒曼从未试图将这一矛盾的双面统一起来——在每个单独的段落中，他的乐思仍旧是单一的、缺乏对立的。

最能体现这一特质的，便是节奏。一旦进入某个织体，舒曼的节奏便如自行启动一般无法扭转变动，直到整段结束。亦即在舒曼笔下，要让节奏变化，就必须终止，再启新的一段。但正是这种对单一织体偏执狂般的迷恋、这种濒于失控的笔触，赋予了他的音乐以某种罕见的"纯质"：每一瞬间，似乎只忠于它的前一瞬。我几乎想说，那就是浪漫主义回溯征兆的搏动——乐思从第一刻起，便径直走向倾覆。直到被倾覆。

这是一种强劲而短暂的生命力，一种"碎片"的生命。《第一钢琴奏鸣曲》的终乐章，几乎就是不同碎片的叠加。乐思随时面临肢解，但每一段仍然以其各自顽强的驱力轮番推动彼此，无休止地插入、被打断、再插入、再被打断；其中一段，节奏在偏执的痉挛中几近幻觉地颤动。

回看第一乐章，同样是一个由碎片投射的世界。沉吟的引子段过后，驶入急迫的主题。那与其说是"主题"（有这样不安、危险的主题吗？），毋宁说，是引子旋律的变异——引子的动机是一个和谐的纯五度，在此变异为尖锐的减五度。舒曼予它以"主题"的形式，似乎是要掩盖那个事实：乐章的主体是虚有的，那唯一的"实质"，就是开篇的引子。这是危险的奏鸣曲式。如在绝境，第一主题焦虑的节奏不断突围、攻击——攻击虚空的自身——以持续自身，直到力竭，瘫下，动人的副题缓缓吟出，而它的轮廓，正是开篇引子的倒影。全乐章最后，音乐在副题的再现中怅然结束。当织体耗尽全部能量，当旋律自身成为乐思的终结，结构终于袒露了自己：一切都不过是引子（碎片）的投射。

是碎片，成就了舒曼音乐的动人力量。也正如碎片，舒曼的乐思是带"刺"的——那是一种轻微又剧烈的袭击，一种向内的暴力。旋律时而在直线的攀行中犹自跌落，时而在枝蔓般的延展中忽然抽搐。内声部同样如此：声响边缘莫名的重音，平稳行进中惊险的不和谐音——有时，如同《幽默曲》的快板段落中出现的，某一个音会突然跃出织体并尖锐地重复自己……

那是疯狂吗？毋宁说，是对瞬间的迷恋，迷恋到了绝对的地步。罗兰·巴特谈摄影时，说自己长久凝视旧时的照片，会陷入一种"平静的疯狂"。舒曼也有过这样的感受吗？他也爱凝视他的"旧时"，懊恼自己无法写出一首"真正的奏鸣曲"。他知道，在自己的音乐中，结构总是失落的。在写给妻子克拉拉的一封信里，谈到自己的那首《克莱斯勒偶记》，他担心它的尾声过于冷僻，或许会令观众困惑，甚至不会鼓掌。他的顾虑并非无故。一百八十多年前，每首乐曲的终止都该有明确的结束感。可《克莱斯勒偶记》的尾声确实乖戾——音乐在逐渐退缩的音响中，既无谓又自嘲地消失了。为何要这样结束？但末乐章本身也许就是这样一个情境：一个小丑般的角色，在舞台中央舞着，舞着，而后渐渐往台边退去，至乐声戛然而止处，消失在我们的视线之外。

最终，舒曼还是保留了它。相较于贝多芬、斯特拉文斯基的"起舞至死"，舒曼之舞显得这般莫名、消极。但贝多芬音乐中的整体感、崇高感在呈现出如此强大的、形上的力量的同时，也关闭了一切开放的想象；舒曼貌似残缺的结构背后，却为我们打开了什么。在贝多芬那里，我们看到的是一种精神，仿佛人就是那样，精神也必须如此。在一切否定、肯定的不容置疑中，再大的舞台，都有一帘幕。贝多芬为我们拉上了这帘幕。我们看不见幕后的一切，我们能看到的只有舞台——只有舞台所允许我们看的。在舒曼那里，这帘幕却永远敞开着。我们会遐想，会不安：小丑为何就这样下台了？在台下，他是否也过着喜剧般的人生？甚或相反，他患有严重的躁郁症，一如舒曼自己？

是的，在舒曼的音乐里，我们会被引向台下的世界。那个在舞台世界中缺席的，却也是唯一真实的境域。因为我们身处的，就是这个台下。舞台的意义，不就是通过它，使我们得以照见自己吗？

自我是什么？真正的自我，存在吗？只有艺术，引人反思的艺术，才使人得以这样寻求自我、怀疑自我。拉康曾说，"'真实'并非一种存在，而是一次相遇"。也许真实的自我，就是自我的缺失，是一段我们与那个内心的我不断相遇，又不断错失的距离。这也许就是舒曼在"缺席"背后为我们揭示的——不断的挫败中，我们一次次掀开那段与自己之间的内心距离。面对这段难以企及的距离，我们会努力，会失败。但就是它，作为永远开放的存在，迫使我们不断去走近那个可能的真实。

也就是因为这段距离，我们永远不会放弃艺术。因为它就是这段距离本身。它在那里，只为不厌其烦地告诉我们：有些东西永远在失落，而另一些永远开放着。这就是真正的浪漫主义。一如舒曼最伟大的音乐几乎都聚集在了他人生的前半期，也不知是对创作的越发自觉，还是他的躁郁症发作，最后期的他再也没能写出前半生那样既动人又警世的作品。1854年他投河自尽未遂。两年后，1856年，他独自一人在精神病院与世长辞。

历史是最残忍的暴君。贝多芬聋了半生，一度徘徊在自尽的边缘；舒曼，一个如此努力保持清醒的反思者，也这样被拽入了疯癫。因为家族病史，自年少起，他便被患精神疾病的恐惧所折磨。据传死前的最后两年，他脑海中不断听到一个反复出现的音符，它越来越响，越来越急迫，仿佛一声声强迫的挽留。我曾无数次想象他在临终的最后时光，独自一人躺在病房中的情境。对于他，他的音乐，他的人生，我从不知道该如何写起，更不知怎样结尾。音乐史中，他远不如许多人重要；甚至可以说，如果没有他，19世纪音乐璀璨依旧。但我无法也不敢想象，倘若自己从未听过舒曼，浪漫主义对我还剩下了什么？

舒曼死后，克拉拉销毁了他大量的后期作品。毕竟那时的他病入膏肓，所作早已杂乱无章。人言，天才与疯癫只一步之差。也许克拉拉是对的，那些音乐确已毫无价值。但天才与疯子之间的那一步，我想，可能就在于天才总爱凝思自我，而后者却不能够了。他就像一个手握利刃的自残者，割掉了和自己仅剩的一段距离；或许仅仅在疯癫中，"自我"才终于完整。对于这些他末年被销毁的作品，我并不感到遗憾，因为在他前半生的艺术中，他早已这样实践、思考，并展现了那个失落的真相。

从舒曼回到我们。21世纪已是另一片天地，历史也早已不复两百年前的奇观了。不过何必要回到过去呢，希望总在未来，也必须在未来。在今天的古典音乐领域，我们越来越习惯于固有的观念和品味。社会的沟通从未如此便捷，但在心灵深处，人依旧是封闭的。当舒曼一次次让自己暴露在失落的现实中，他不过是实践了对他者的聆听、对缺失的聆听，他也这样听到了自己。我们是否也该以意义的敞开，而非固守，去倾听每一种声音？毕竟艺术，这面人类最伟大的镜子，从不是为了让我们去一味确认自己、装扮自己。据传19世纪初见照片的人们，无不惊讶于自己的面容：它们太真实了。那时的人们要知道"美颜"是什么，会作何感想？

当然，我并非对美颜抱有敌意。我不过是想说，同样，站在艺术的镜子前，有时也是残忍的。不过无须担忧，我们都不会落入舒曼所落入的境地——毕竟，只在面对最天才的灵魂时，艺术才会额外残忍。

我终于找到了这张照片。很早就知道：老年勃拉姆斯每天都会散步，而他散步时，总是双手在后的。他是从何时起养成了这个习惯？照片中，我看不见他的脸。但我以为他走路的样子，比他的脸更好看——他很早就蓄起了胡子，把自己的脸藏起来了

个人与历史

8 月的汉堡市已有了些凉意。我和朋友来到彼得大街 39 号的一座公寓门前。战后经过重新翻修，门前挂着一块小小的牌子："勃拉姆斯博物馆"。缓缓上阶，二楼右侧的房间里，整齐地摆放着作曲家生前的手稿及藏书——当然，都只是复制品罢了。唯一的例外，是一架靠窗的老式平台钢琴，据说确是作曲家生前使用过的。趁其他游客不注意，我偷偷在琴上"验了验货"，果然声音颗粒饱满，敦厚圆实，符合主人公应有的偏好。四顾之下，墙面的装饰无不透着一股德国中产精英的纯正品味；照此布局，假如主人是位德高望重的老教授，或哪位有修养的资本家，也毫不违和。

聊想数年前的某晚，我曾站在贝多芬晚年住过的小屋窗外向里窥望——屋内一片漆黑，阴森至极，现在想来还不禁一阵寒战。在舒伯特死前所住的那间小到透不过气的卧室里，我联想着他坐在那架过于庞大的琴前，弹着《冬之旅》和最后三首钢琴奏鸣曲的场景，那样的感触至今难忘。就连维也纳市中心的莫扎特故居，馆方有意在墙上刻下的主人生前的话："我所期望的不过是声名、财富、和荣誉"，现今忆起，个中的现实讽刺意义也引人寻味。我想，这才是伟大艺术家们应有的故居吧。相对照，我此刻身处的这间屋子如此中庸无奇，毫无任何可称之为"个人性"的东西。但我确实不该苛求：此处不过是一个复制罢了。除了靠窗的那架钢琴，这里的一切，都和它的主人无关。

"下楼吧。"朋友说。

虽值正午，北德的夏风还是有一丝凛冽的气息。我们在街上漫无目的地走着。不远处又是另一位德国作曲家泰勒曼的博物馆；更远一些，才是勃拉姆斯实际出生并生活过的原址，无奈"二战"时已被炸毁，才在邻街修建了上述的那家博物馆。记得多年前初到维也纳时，我就曾兴奋地找寻他在那里的故居，不想也只是撞上了一块肃穆的石牌："约翰内斯·勃拉姆斯曾于此居住"。一问才知道，原址也早经被毁。望着汉堡的万里晴空，我心头微微一紧：德奥音乐诸多巨匠中，勃拉姆斯是少有留下故居的人。

"我已是一个局外人了。"晚年的他总是这样自嘲。这倒是中肯之言。1894 年，冯·彪罗、比罗斯、施比塔等挚友相继过世，到 1896 年，随克拉拉·舒曼的死，他的确是孑然一身了。"是谁在那里啊，在那一边站着？"老年勃拉姆斯越来越喜爱歌德的这句话。不用说，他一定是在其中看到了自己。谁不能呢？ 1883 年瓦格纳离世，"新音乐"的呼声并未减弱，反倒在年轻音乐家中一浪高过一浪。虽然维也纳音乐学院不乏保守派的坚定拥护者；虽然在主流音乐界，他早已享有无可比拟的名誉，但这一切不过是"毁灭前的景观"。勃拉姆斯自己知道：未来并不站在他这一边。

这当中，首先绕不开历史的背景。1866 年普奥战争爆发，奥匈帝国在与普鲁士王国的交战中惨败，呼吁全德意志民族统一的呼声达到了前所未有的地步；凡是在思想上秉持统一的年轻学生无一不自诩"进步派"，热切投靠了瓦格纳的"阵营"。而相比思想的趋势，艺术的未来或许更严峻。勃拉姆斯比任何人都清楚，持续扩张的调性体系必定会走向瓦解。"音乐的历史也许就到此为止了。"某一个傍晚在林中漫步时，他曾对年轻的马勒这样说道。走上一座桥时，望见下方的湍湍急流，马勒不无深意地拉起老人的臂膀："看，那最后一浪快来了……"

* * *

勃拉姆斯等不到那最后一浪了。他也无力像盛年时的自己那样，同前方那片汹涌的大海搏斗——不仅在死前的最后几年，在他更早一些的创作中，我们已然听到了这样的心境变化。与瓦格纳不同，他天性并非"宏大叙事"型的作曲家；但倘若在《德意志安魂曲》《第一交响曲》和某些声乐交响作品中，我们依旧能听到某种宏大的愿景，那么晚年的勃拉姆斯则在精神上渐渐背离了它。在给朋友寄去其《第二钢琴协奏曲》的手稿时，他戏谑地写道："这是我的一支小协奏曲。"

此话如何当真呢？"勃二"可谓是音乐史上体积最庞大的协奏曲了。"小协奏曲"的说法也自然被后人解读为作曲家戏耍友人的恶作剧。不过看似不经意的谑称，却道出了一个维度：在某种意义上，它真的是"小"的。厚重的形式外表下，全篇的素材尽其简练：全曲四个乐章无不是从三个音符，"Re、降Mi、Re"中衍生出的。在精神气质上，它也和早年蓬勃宏大的《第一钢琴协奏曲》迥然相异。一乐章开篇起，便能明显地感到这种区别：勃拉姆斯在此打破了独奏与协奏的传统分割，钢琴与乐队哪怕在同一乐句中，也经常以相互交替、呼应的形式出现，形同室内乐。三乐章的慢板中，他更以典型的室内乐形式让大提琴与钢琴独奏尽情对话；终乐章轻盈的笔风，也与常规协奏曲终乐章的辉煌叙事大相径庭。这就是《第二钢琴协奏曲》的两极：一面是宏大的音响，另一面是器乐间的亲密对话，好似一部藏在交响曲表象下的室内乐。如此看，"小协奏曲"的玩笑，其实投射出他晚年创作的真实心境。而以同样的"两极"，数年后他又写下了《小提琴和大提琴二重协奏曲》——一部以室内乐情境置换了交响乐精神的作品。

在他全部的四首交响曲中，我们也能看出相似的走势。《第一交响曲》以"贝多芬第十"的高调姿态横空出世，从构思到完成将近十年，终乐章的旋律更是直接影射"欢乐颂"的主题——全曲在一片热烈的声响中结束，堪称勃拉姆斯最恢宏的作品了。然而，对他了如指掌的克拉拉·舒曼却评价道：终乐章的辉煌并非勃拉姆斯性情的真诚体现。果然，此后第二、第三、第四交响曲越趋内敛。《第三交响曲》中，所有乐章皆以弱声收尾；《第四交响曲》的前两个乐章弥漫着乡愁的气息，短暂热烈的三乐章过后，终乐章则严格依照巴洛克时期"帕萨卡利亚"的曲式写成，简明、古朴，甚至过于古朴——不见宏大叙事，不见英雄主义，这位"贝多芬的继承人"就这样为自己的交响乐生涯画上了句号。但就是在这般精简的古老曲式中，我们听到了远比《第一交响曲》的宏大尾声更为顽强的声音——那不再是"贝多芬继承者"，而是唯独勃拉姆斯才可能发出的声音：他的不甘、他的倔强。借由最"古"的形式，他背对这时代的一切。

一切从简，正是勃拉姆斯的晚年走向。20岁时，他以三首钢琴奏鸣曲开始了自己的创作生涯（舒曼正是在听了这三首后，撰文称年轻的他为"德国音乐的未来"）。但他晚年所作的钢琴作品却无一例外，都是小品集。他将这些小曲称为"我痛苦的摇篮曲"。让自己的痛苦渐渐入眠，这说法有意思——但什么是他的痛苦？诗意的陈述背后，透射出复杂的内省：这正是他对贝多芬传统路线的弃绝。中年时的他曾说："你无法想象时刻听着一个巨人（贝多芬）在你身后的隆隆脚步声，是怎样的感受。"这样的压力也终究瞒不过创作本身。数年间，几十首弦乐四重奏的原稿尽被焚毁，而最终出版的三首弦乐四重奏虽然不乏令人激动、感人至深的段落，却不免仍有深陷形式主义之处，暴露出那些竭尽全力，却依旧力不从心的痕迹。

勃拉姆斯终究不是时代的英雄。他不是那个在捍卫传统的历史关头，堪与贝多芬相比肩的巨人。同样的，他也不是一个天然的浪漫主义作曲家——他没有舒曼那种金子般的诗性灵魂。他追溯古典，但缺乏古典内在的戏剧活力；他内心浪漫，却无法摆脱故往的形式传统。他究竟是谁，属于哪个时代？恐怕他自己也找不到答案。对艺术创作来说，这几乎是致命的。此前，还没有哪位作曲家终生在两道审美路线之间徘徊，又同时为它们所束缚。当汉斯利克、冯·彪罗等人将他与巴赫、贝多芬相比肩时，不知有无洞悉到他与后两者在才华、境遇上的错位与差别。

因而勃拉姆斯的艺术，确实是痛苦的。这痛苦，在他毕生的音乐中贯穿始终，即便是以最为隐晦的形式，也无法遮掩。尼采以惊人的洞察力看出了这一点，并尖锐地指出他的乐思总是堆积、编排的成果，缺乏天才作曲家应有的"充盈意志"。然而，凡事皆有两面。一切复杂、深隐的痛苦，因为历经漫长的纠结与挣扎，才会安顿下来，渐渐散发出伟大的力量。在他的晚期小品里，痛苦成了痛苦自身的摇篮。一个个迷你的小宇宙中，精神的痛苦拥抱了技法的痛苦：斗争结束了。想来不可思议，这些小品是勃拉姆斯最为自然抒发的创作，也同时是其最具形式性的。所有的声部——从旋律到一切内声部——无不以三四个音的动机构成，几无例外。无数相同的动机共同编织出一张张严密的网，但又那样清澈透明，自然而然向远处撑开，隐遁于黑暗中。构思沉寂了下来，世界变得宽广了。

由大化小，却不见小。是的，贝多芬的宏大叙事，其实不属于勃拉姆斯——这正是历史对他的误解。只有在那些更亲密的空间里，他才能找到他自己的形式：不是充盈的、加法的形式，而是痛苦的、减法的形式。

＊　＊　＊

曾经，通读他的交响乐谱，我总会不时地感叹。线条交纵的呼应、旋律起伏的对称，一概这样地工整、立体，仿佛它们自身就是一件件视觉符号的艺术品——相比听觉，视觉有时更能使人即刻了然那些技法的高明与苦心——恐怕也没有哪位 19 世纪的作曲家这般热衷于，也善于将无形的声音付诸以"形"，将自己全部的艺术热情交付给这符号的世界。在这个意义上，他似乎是、确实是贝多芬的继承人。

但有甚于贝多芬。即便是贝多芬，也不曾这般执着于形式，以至将形式凌驾于直觉之上。在贝氏的作品中，织体由和声统合，乐思的构建仍是"整体行动"的。而到勃拉姆斯，和声被精细地拆分为独立的线条——这赋予他的音乐更甚于贝多芬的立体感、复杂感——许多时候，他笔下的古典和弦会刻意避开常用的主位形态，而代之以某个生僻的转位出现，正因每条声部都必须满足线条相互对称的苛求。换言之，在勃拉姆斯这里，形式的诉求更绝对了。在这个意义上，当勋伯格称勃拉姆斯为"进步者"时，他并没有错。

但也就是在这里，我们看到了他与贝多芬的不同。于贝多芬，形式仅仅是作为手段而服务于某个更高的目的、某个超越形式之物。贝氏的音乐少有沦于技法的陷阱：一切技法之于他，都是某种精神叙事的体现。晚期前的贝多芬因而战无不胜——他的艺术自身就是一个神话般的意识形态：一个革命的，同时又是君王的意识形态——一如拿破仑那样。

《第四交响曲》总谱片段。你能"看出"作曲家对形式的迷恋吗?

勃拉姆斯不一样。在他笔下，形式自身成了唯一的目的。这也是我难以面对诸位读者逐一举例分析、深入他作品的苦衷：他的技法背后，并不存在一个精神的叙事。他对古典美学的追溯，对"形式"恋物癖般的迷恋，其实源于这个"不存在"——甚至这"不存在"，就是他的"精神"。讽刺的是，仅仅凭这一点，也居然是凭这一点，让他成了一个浪漫主义者。有一次，对朋友说起他作品中某段令人叫绝的技法，朋友对我叹道："可这些，又有什么意义呢？"我一惊，同时释怀了：是啊。这些技法，又有什么意义呢？

这就是勃拉姆斯的"失败"。想来也因为这失败，他晚年转向小品。在那些"痛苦的摇篮曲"里，形式的完美、精神的空落，两相顺畅了。当瓦格纳在他长达数小时的歌剧中以无限饱满的状态发扬、扩张贝多芬君王般的意识形态时，是勃拉姆斯在他的晚期，以更甚于瓦格纳的虔敬，同时，以这样"失败"的形式，瓦解了它。

＊　＊　＊

对于勃拉姆斯，我还能再说些什么呢？他曾经伴随了我少年时代最美好的回忆。零下 10 C 的费城，课堂上，作品分析课的老师逐字逐句地解析钢琴小品集 Op. 118 的最后一段。

说到某一处，老师激动地憋涨着脸，双眼湿红。"勃拉姆斯是最后一位了，最后一位。"颤抖的声音在冬日的教室里回荡，我们所有人屏息注目。时间在老师紧绷的脸上凝住了：那一刻，仿佛就是历史在对我说话。那天、那间教室，我至今记得。每当听到勃拉姆斯的音乐，它就勾起了我心中某个理想而固执的角落。在我年少的记忆里，他俨然成了"调性音乐的守卫者"。我曾那样疯狂地深陷于他所有的作品：他究竟守卫了多少"秘密"呢？有人问钢琴家佩拉西亚，如果你能回到过去，和某位故去的作曲家说话，你会选谁？答案正在我意料之中。"没有人对于历史中的音乐家，比勃拉姆斯更了解的了。如果能与他交谈，我想，自己不仅得以更了解他的音乐，还可以更了解整个过去的音乐史。他发现了什么，学到了什么。"

的确，勃拉姆斯堪称史上第一位学者型的作曲家。从文艺复兴到浪漫时代的所有音乐传统，他皆有所提炼、汲取。深陷于他作品的那些年，他又从我心中的调性音乐"守卫者"，渐渐成了它的"集大成者"，好像某一片深邃的湖水，照映着四百余年音乐史的斑斓夜空。在我脑中，不知不觉，原先的情怀被某种虚构的历史象征取代了——一个空的象征。倒也好，我反而渐渐放下了他，从对他的深陷中走了出来。在为其他作曲家的艺术魅力所折服时，我还是会突然记起他，像记起某个许久未见的旧情人一样："哦，他还在这里。历史还在这里。"

　　直到某天。不经意间，我读到了富特文格勒发表于 20 世纪 30 年代的一篇短文：《勃拉姆斯与我们这个时代的危机》。他这样写到：在以往的境况中，音乐创作——或进步，或保守——都是时代境遇的自然产物。换言之，艺术家、艺术史，从来是一致的。但我们的时代不同了。这个意义上，晚年勃拉姆斯是音乐史上的第一个伟大个案：历史、作者，无法再保持一致了。

　　富特文格勒的话如五雷轰顶。我猛然想起了歌德的那一句："是谁在那里啊，在那一边站着？"

　　的确，在勃拉姆斯之前，真的有过"那一边"吗？诚然，巴赫也曾被同代人冠以"保守"，再进一步说，任何时代都不乏伟大的保守主义者。但巴赫等人的对立面仅仅是其他的个体、风格，绝非历史本身。好比一辆安稳行驶的列车，车窗左右风景相异，但无论怎样，一切沿着预设的轨道稳稳前行……

　　19 世纪末的欧洲则是另一番境况。不，何止是"另一番"——从任何角度看，那都是一个空前绝后的时代。调性体系的极端扩张，将音乐推进一条进退存亡的路口：历史将要与历史自身断裂。勃拉姆斯比任何人都更早预见了"古典音乐"的最终走向，且断定它不可逆。在这个意义上，他是独醒的，比所有对"新音乐"报以无限乐观的人都清醒。晚年的他因而面临一次选择，一次无论巴赫、贝多芬，抑或任何人都不曾面临过的。同历史站在一起，抑或同自己？跳车吗——跳，还是不跳？

勃拉姆斯选择了站在自己这边。毫不犹豫地，他跳了下去。数年后，在勋伯格某首作品的首演时，马勒在观众的阵阵嘘声中依旧拼命地鼓掌。"其实我也未必能完全理解他（勋伯格）的音乐，"马勒对身旁的友人说道，"但毕竟他还年轻。或许他是对的。"

对时代，对未来，马勒的智慧与胸怀令人动容。然而，这并非如马勒所言，是一个"对、错"的问题，就如同评价无调性音乐是"错的"一样荒谬。这最终是一个个人的问题。别忘了，瓦格纳的《特里斯坦与伊索尔德》，这部现代主义的开山之作，问世于勃拉姆斯《第一交响曲》整整十年前。而在布鲁克纳去世后，勃拉姆斯还在继续写他的《四首严肃歌曲》《十一首圣咏前奏曲》……在新音乐势不可当的洪流下毅然不移，需要怎样的勇气？勃拉姆斯之不移，无关进步保守，只在于"艰难"。尊崇自己内心的那份艰难，我想，终归是艺术最需要的力量。

　　"守卫古典传统","代表过去的历史",让这些想法都见鬼去吧。勃拉姆斯晚期音乐的全部力量,就在于勃拉姆斯这个人。对"纯音乐",他始终不渝,但在我看来,他的音乐才是不纯的。因为只有把他的作品放进他身后的历史中,我们才更能触及他创作深处的"人"。我想起了老师在作品分析课上说过的话:"勃拉姆斯是最后一位。"

　　想来不禁失笑,富特文格勒也给他排了名:"第一位"。看,就连在排名这件事上,他也始终拒绝被定义。

现今见惯了雅纳切克老年的照片，没想到
学生时代的他这样英俊：一张革命烈士般
的脸

言说背后

故事发生在 1903 年 2 月的捷克。奥尔加，一个 20 岁的姑娘，躺在床上奄奄一息。应其所求，父亲为她在琴上弹奏着自己的歌剧《耶努发》。女孩渐入昏迷，父亲弹到全剧终止……4 天之后，奥尔加离世。

在奥尔加生命的最后几天，父亲在笔记本上写下了她在弥留之际说过的话。"我死了……快死了……""我不想死……""别走了，都别走……"连声调、语气，他都一一记录了下来。并随之将这些话语，依照语气轻重、声调顿挫，分别配置了与之相应的一段段旋律……

不仅仅是死去的女儿——在布尔诺、在摩拉维亚各地的大街小巷中，父亲揣着从不离身的笔记本，一字一句记录着周围人的谈话，随后再将它们一一转换成相配的固定音高、节奏——与记录女儿死时的方式如出一辙。他将这些音符片段称为"口语旋律"，并将它们全部运用到自己的歌剧与器乐作品中。无论何时、何地，从他 24 岁开始，这一习惯保持了 40 余年。

这位父亲，就是捷克作曲家莱奥什·雅纳切克。

"音乐言说着那不可被言说之物。"现今，这话早已如雷贯耳。凭这一句，在百家争鸣的艺术王国中，音乐独领风骚。但人又是矛盾的动物；音乐会过后，我们还是会不禁自问："这首乐曲到底在'说'什么？"

音乐确实在言说什么。并且，正因为无"言"可说，它的言说才需更加精确。结构鲜明的曲式、不断反复的主题、持续律动的节奏；总之，出于对言说的欲求，音乐发展出了一整套自身的语言机制，并倨傲地摆出它的姿态：我无言可说——我说的，仅仅是我自身。

那么，为什么雅纳切克会反其道而行之，去关注音乐之外，那些生活中的日常话语？言说对他，究竟意味着什么？

雅纳切克的一生，大部分时间住在故乡布尔诺，也就是摩拉维亚的首府。与之相邻的，是以布拉格为首府的波希米亚——两地共同构成了我们今天所知的捷克。直到一战前，独立的捷克并不存在，摩拉维亚、波希米亚均由奥地利统治。19世纪后半叶，各地域的民族主义相继兴起；为缓解民族矛盾，奥地利同意在其治下的匈牙利实行自治。一个皇权、两个政府，即"奥匈帝国"。然而，弱小的捷克却并未获得和"大族"匈牙利相等的待遇，虽力争自治，终究未果。帝国成立后，捷克地区依旧处在奥地利的直辖下。这就更激化了两者的矛盾——为维护统治，奥地利决定对捷克实行高压政策。在布尔诺，德意志语是主流用语。公立学校只教德语，捷克语则渐渐沦落为边缘的、只限于坊间的语言。

摩拉维亚被德语化了。这正是那个帝国主义时代，欧洲各小民族的悲剧。一片无力捍卫自身、继而沦为无法言说的土地。而这与雅纳切克自身的境遇又何其相似？作为异乡的边缘人，身处德奥浪漫主义的黄金年代，却无法融入其音乐主流。甚至，还遭受同胞波希米亚音乐圈的排挤——对于各方都更处优势的波希米亚来说，摩拉维亚同样是异乡的存在，布拉格人自然不会把一个来自布尔诺的乡巴佬放在眼里。一个沉默的异乡人，连带身后沉默的故土：自青年起，捍卫摩拉维亚的"言说"，就成了雅纳切克留给自己的使命。

音乐与语言的纠葛，渊源已久。亚里士多德早在两千多年前就提倡，语言应像音乐，有着适时的节奏与音调。西塞罗也曾说，能够煽动人心的演说，是"具有节奏与和声"的话语。但注意：他们与雅纳切克所关注的，不是同一种"语言"。亚里士多德与西塞罗笔下的语言，是"集体"的。它规范我们的礼仪，统合我们的思想。而雅纳切克记录的，则是那些未经书写规训的，那些非体系的、民间的口语。"凡是未被德语化的，那些底层捷克人民口中的一切，才是捷克语最珍贵的所在。"这就是言说对他的意义：不是权力、主流，而是边缘，是个体。"艺术就在街头！"他曾这样喊道。

将卡夫卡扬名世界的捷克作家布洛德，就曾记下一次与雅纳切克的私会。畅谈中，雅纳切克突然拿出口袋中的笔记本，飞速画下一行五线谱，并在线上点出几组音符。"我需要记下来。适才我们的对话贯穿着某种特别的音调，在这个特定的情境里。"不可忽视这个"特定"：凡他所记，无不标明谈话发生的具体时间、地点、天气温度等种种细节……

我想到同为捷克人的米兰·昆德拉在《被背叛的遗嘱》中提到的一个概念："当下的具体"。其中一段，昆德拉写道：

> 我们可以努力地坚持记日记并记录所有的事件。有一天，重读笔记，我们会明白它们不能使我们回忆起任何一个具体的印象。更糟的是，想象不能前来帮助我们的记忆重建那已被遗忘的。因为当下——当下的具体，对于我们已是一颗未知的行星；我们既不善于在我们的记忆中留住它，也不善于通过想象重建它。人们死去，却不知曾生活过的是什么。

真是发人深省的文字。所谓具体，就是无数转瞬即逝的细节，它们构成生命的全部体验，难以分割，难以截断。但它们终将逝去，剥离当下，存入记忆的抽象。在昆德拉眼中，小说的意义，就是要与这种"抽象"搏斗，以文学竭尽可能的方式，捍卫人类生命中一切即逝的具体。

也许同样，是女儿的死，是母语的消亡，激励着雅纳切克最深层的创作动力——他与记忆，与"抽象"相抗争的方式，同样是将自己的全部热情投注到对当下的记录中：以音乐的言说，以言说的音乐。

> 对我来说，不论是贝多芬，还是许多其他的作曲家，他们的音乐在我看来总是相距那个"真实"很遥远。但当别人对我说话时，很奇怪，虽然我时时听不懂他们口中的语言（捷克各地的口音有别），但是那些言语中的"音乐"啊……我立即就能听到他语气中的感情……他是否在说谎；是否极度不安；又或者，一段看似正常的对话，但我能感知对方的内心其实在啜泣。言说——人内心的"调性"——这对我来说才是最本质的真实。我所记录下的一切，都是带我进入他人心灵深处的一扇扇窗……

这段话，同样是进入雅纳切克创作核心的"一扇窗"。"那些言语中的音乐"，"人内心的调性……才是最本质的真实……"对于他，言语陈述的内容未必是核心，言者的语气、状态，才直指真相。换言之，"真"，不在于说的内容，而在于"说"这个行为本身。而这一切只在言说发生的"当下"，才能被捕捉到。这是对语言传统立场的倾覆，也是雅纳切克记录"口语旋律"的真正动机——不在于一个人说了"什么"，而在于他是"如何说"的。

当我们以"如何说"的视角去看雅纳切克的创作，会发现不可思议的契合。在传统的创作语境中，作曲家将某一个素材不断变体，以造出各种新的素材；新的素材与素材间有着不同的面貌、功能、意义。这些传统的音乐建构技法，无不聚焦于乐思内容的"发展"。但在雅纳切克这里，一个素材可以自始至终都维持着它的原貌。它就像某种不断克隆自身的生命驱动：任何新的"分身"仍与那个原初的本体保持一致，变化的，只是它们的表达强弱、节奏快慢，是它们的语气、声调——是的，不在于说了什么，而在于怎样说。他的钢琴奏鸣曲《1905》的二乐章"死亡"，全曲从静态的、沉寂的死，到狂暴、悲愤的死，最后再归结于沉寂，主题动机一直维持着它的原型。只是通过对它语气的不断增强，调性色彩的不断改变，使我们听到了乐思情状的持续推动。尾声前灾难般的高潮虽与开篇的沉寂构成剧烈的反差，但动机的原貌仍岿然不动。也正因为这"不动"，它才更深刻地揭示了"死"的悲剧性。

他的弦乐四重奏《克鲁采奏鸣曲》又是另一个例子。该曲取材自托尔斯泰的小说《克鲁采奏鸣曲》，描述了一个由欲望促发的爱情悲剧：主人公在听了身为钢琴家的妻子与另一

140

男小提琴家合奏的贝多芬《克鲁采钢琴与小提琴奏鸣曲》后，受到曲中无形暴力的驱使，因妒生恨杀了她。雅纳切克在此，同样以一个宿命般的主动机贯穿全曲；随着乐思进行，它演变出不同的分动机，但它们仍保留着主动机的原形，只是以其语气、声调的不同特征，分别影射着欲望、嫉妒、暴力等等与小说主旨相关的表达。他曾说："言说，就是意识的显现。"冥冥中，从欲望、压抑，到嫉妒、杀戮，是否也都归于同一个意识的延展呢？

如果传统音乐的构思是一生二、二生三、三生无穷，那么雅纳切克的视角，就是无穷归一。不是扩充、叠加，而是一切皆可被还原。作为听者，我们被吸入"一"的不断行进之中；我们不再关注于构思的发展，我们走进语调与意识的流动，走进一段段无可割裂的言说。

雅纳切克对调性的运用同样令人惊叹。作为20世纪初为数不多的传统调性的拥护者，他对调性的用法却堪称前无古人。在他的创作中，和声转换从来就未曾按照固有的规则进行；它们非体系，似乎任意，却又听来这般天然。他坚信，人心深处自有音调——"听，这是一个痛苦的、渗着血的和声。""听，这个和弦，如同低飞的燕子，向地面俯冲而来，却又腾空而起。""听，这些不和谐和声像一把把刀，将一切言语强行切开。"就我所知，此前还没有哪个作曲家，以这样诗意、个人的态度论述过音乐语式的基本法则。

对当下、对个体真相所饱含的热情，成就了雅纳切克的艺术语言。在浪漫主义时期，他被主流排挤，无处伸展抱负；到现代主义时期，他孤身一人，做他自己的现代。如昆德拉所说：雅纳切克生得过早，在19世纪，他超前了；到20世纪初，到了捷克独立的时代，他又遭自己母国的冷落。待他终于成名之日，现代主义的大浪已去——他又错过了最好的时代。

在他的歌剧《马克罗普洛斯事件》中，有一个饮了特制魔药，活到337岁的女主人公，过着僵尸般的生活。在她身上，住着两种不同的命运：一个是不死之身，活了过久；另一个早就失掉了自我，死得过早。这是否也是雅纳切克对自身境遇的讽喻呢？在生命的最后时光，单身的他开始疯狂追求一个小他34岁的女人，并为她写了数千封情书……那姑且是一片渴望青春、挽留消逝岁月的愿景吧？

据传他是在病榻上，与这位年轻女子做爱时猝死的。如昆德拉所说，假如这是真的，那么对雅纳切克来说，是幸福的死亡了。在寄给年轻女人的无数封信中，他总是将她称作"我亲爱的吉卜赛人"……看来，他始终对"异乡"充满渴望。

摩拉维亚、摩拉维亚的言说，终究幸存了。这样一颗捍卫当下与自由的心灵，一定是去了更远的世界吧。

照片中，我注意到马勒的手，蜷曲着伸向上衣口袋，或者没有伸向任何地方，只是自顾自地蜷曲着……翻看他那么多照片，我最喜欢这张。他在哪里，要去哪里？

异乡的世界

夜空弥漫着昏黄的雾。星群开始挪动并相互追赶，一颗吞噬着另一颗如末日来临般。刹那间，我发现自己已置身广场中央，火一般的浓雾朝我袭来。我朝四周望去，见一个巨人般的身形从雾中升起——没错，是那个传说中，"永世流浪的犹太人"。他的斗篷因狂风而鼓起，像一座巨峰耸立在双肩之上。他右手紧握一柄长杖，顶端刻着金色的十字架。我开始疯了似的向前跑。但他没隔几步就追了上来，强迫我接过他手中的手杖。在一声声惊恐的大叫中，我醒了过来……

传说在耶稣前去受刑的途中，曾受到一个无名犹太人的讥笑。自此，他便遭诅咒在世间流荡，不得再回家园。自 13 世纪，"永世流浪的犹太人"的形象便始渐根植于欧洲的主流文化及市井流言中。多年后，早已成人的古斯塔夫·马勒每每谈到自己 8 岁时的这段梦魇，仍心有余悸。"我一生三度失去家园。"他这样形容自己。"对奥地利人来说，我是波希米亚人。对德国人来说，我是奥地利人。对世界来说，我是犹太人。"

　　与马勒交往甚密的朋友，都知道他有几个改不掉的"恶习"。先是他走路的习惯：马勒的右脚总是着了魔似的疯狂抖动。在他生前留下的照片中，我们总能看到他两腿交叉而立，似乎是要极力遮掩这个顽疾。可一旦走起来，就没办法了：右腿隔几步便会重重地跺向脚下的路。与马勒同行是令人难受的，那些毫无规律的节拍，像是要刻意打乱同行人的步伐似的。

　　另一习惯，是咬指甲。随时随刻、不分场合地咬。他也爱吮吸自己的两颊，尤其在沉思时，嘴就如一台抽气机，将脸颊用力吸入上下齿之间，以至口腔内侧常血流不止。

　　还有一个称不上习惯的习惯，被少数细心的好友注意到：马勒少有面目低垂的时候。纵使沉思、痛苦时，他也是抬头的。

*　*　*

　　马勒的世界确实是一个谜。或许也因为此，伯恩斯坦在谈马勒时，才尽数省去了对他作品的逐个分析，直接进入《第九交响曲》末乐章的尾声，进入那个"死"的命题。年少的我就是坐在电视机前，看着伯恩斯坦那段精彩又深沉的独白，从而走进马勒的。伯恩斯坦说，"第九"作为马勒最后一部完整的交响乐（马勒虽写了"第十"，但并未完成它），描述了三种死：自身的死、调性音乐的死、欧洲传统社会的死。果真是这样吗？我反复听着伯恩斯坦自己指挥的"第九"，只听到一片泛滥的情怀，没听到"死"。通常被乐迷们封神的，那场阿巴多于 2010 年琉森音乐节上的经典演绎，最后几分钟内，场灯缓缓熄灭，视觉帮助模拟死亡的时刻。但即使这般恳切，曲终时，我依旧没能听到"死"。甚至连最后一音过后，全场观众长达两分钟的静默，与其说是音乐情境的必然延展，在我听来，毋宁说是观众与作品、与指挥家所达成的某种默契（阿巴多此时罹患胃癌）。似乎在座的每一个人都心照不宣，想要努力贴近某个死亡的事实，感悟那份死的重量。当然，伟大的现场总有一股宗教般的力量，使人想要相信什么，并真的能够去相信。但在我闭眼静听那场演奏的录音时，阿巴多的诠释更像是半山腰上一片温和的夜灯，在适中的不近不远处，包裹我周身的黑暗。贯穿全曲始终，我听到了更多的生，独独没有死。死在哪里？还是那里原本就没有死亡？

　　或许，马勒的死被标签化了。一如他在我们这个时代的标签化一样。创作"第九"前，女儿意外夭折，自己又被诊断出患有不治的心脏病；末乐章手稿上，他一句又一句写下："永别了！永别了！"最后一页的尾声部分，更是引用了一段自己曾创作过的歌曲旋律，其中一句是"彼岸的世界会更美好"……毫无疑问，这些都可被轻易解读为死前诀别的独白。但在写给妻子的一封封信中，马勒又为她描述了日后度假的种种计划；时任纽约爱乐乐团总监的他，也正精心策划着乐团下一季度的欧洲巡演。更关键的是：马勒毕竟写了他的"第十"。没有任何证据表明，若不是因为肺部感染导致的心病复发，他不会顺利完成该作。

马勒的一生，遍布着诸如此类的谜。年轻时的他曾是标题音乐的绝对信徒。为了《第一交响曲·巨人》在布达佩斯的首演，他还亲自撰写了一篇关于其文学性内容的介绍。可是在维也纳公演时，马勒又将那段介绍从节目单中删去，连"巨人"的标题也一并撤下，仅留"d小调交响曲"的名号。数年后《第二交响曲·复活》首演前，又不知受了怎样的刺激，他突然大叫："让标题音乐从这个世界上消失吧！"而当说起好友理查·施特劳斯——这位标题音乐的坚定捍卫者——他又这样对妻子形容："我和他好比两个矿工，从相反的地方开掘，最后在地下的某处意外碰上了。"

马勒最深爱的体裁，莫过于交响曲与艺术歌曲。但它们又同时是古典音乐的"两极":一个庞大,一个短小;一个是宏大叙事,另一个是叙事的碎片。在马勒这里,两者不仅被糅合于一处,甚至从一开始就不分你我。他绝大多数交响乐的旋律素材,都取自先前写下的艺术歌曲。也正是两者在创作上的粘连,最终塑成了《大地之歌》这样奇异无二的作品:它既是声乐套曲,又是交响曲,任何对其体裁的单一定义,都不免沦于片面。

也就是这样的"两极合一",决定了马勒作品的另一特质:结构的失衡。《第三交响曲》中,最长的乐章达35分钟,最短的仅7分钟——这7分钟的短篇,正是一首艺术歌曲。同样,在《大地之歌》中,前5个乐章均相对短小,如果仅凭它们,那么称全篇为"交响声乐套曲"便完全合理;但终乐章"告别",则长达半小时。独独是这个乐章的庞大,撑起了《大地之歌》"交响曲"的规模。在几乎所有的马勒作品中,我们都能发现诸如此类的不平衡,他的音乐在20世纪初引发的大范围争议,相当一部分也与这样"跛脚"的结构合成有关。

而所有这些,都还是表面。马勒更深处的谜,是他精神的驳杂性。马勒的艺术是不纯的:宏大掺杂着琐碎,崇高掺杂着卑污,丑拙掺杂着灵异。永恒的主题、滥俗的伎俩相互交合——这些异质的精神杂交有时让人厌恶,有时又制造出许多难以名状、神乎其神的音响。他与西贝柳斯一同散步时的争论已是乐界的老话题了，连同他说给西贝柳斯的那句话"一部交响曲，就应该是一个世界"，如今也被视作马勒创作的"中心思想"。那么他音乐的驳杂，是其与生俱来的天性使然，还是建构那世界所必需的手段？他口中念兹在兹的"世界"，究竟又是什么？

*　*　*

一切还得从他的故乡说起。

与日后交响乐中的宏大相较，童年马勒所面对的，是一个无比袖珍的世界——伊格劳，一座地处波希米亚与摩拉维亚交界的小镇。既属于捷克，那里的人应说捷克语，但此地是个特例：它是捷克罕有的德语镇。不仅居民不说捷克语，且因独特的地理位置，这里一直是奥匈帝国的军团驻地。更有意思的是，小镇聚集着大量犹太移民。

伊格劳的布局十分独特。袖珍的城镇中心是一片过大的广场，它占据了整个城镇百分之六十的面积，可谓极不相称的结构。广场四周的布局呈发散型，任何街道都能从其外围直抵它的中心。自然，小镇的一切公共活动，都发生在这里。

童年马勒的家，紧邻这片广场。傍晚，军团的铜管乐队敲锣打鼓穿过这里，流浪的犹太乐手穿插其间，演奏他们本族的"克莱默兹"音乐。同时，广场周遭的大街小巷中，民间弦乐手聚在一起，合奏波希米亚盛行的"哈斯乔"舞乐：它风格奇特，以三拍子的庄严慢板、二拍子的轻快舞曲合成。据马勒回忆，因父亲经营的酒馆生意，这些舞乐常常陪伴他到深夜。一座巨大的天主教堂矗于广场另一端——每周末，他也去那里，聆听唱诗班儿童的众赞歌。

自出生那天起，死亡就与马勒做伴。包括他自己在内，家中12个兄弟姐妹，6个相继早夭。6岁时，马勒基于一慢一快的波希米亚"哈斯乔"舞乐，创作了他的第一首乐曲：一首"葬礼波尔卡"。沉重的葬礼，伴随轻快的波尔卡……这样两极的组合，竟出自一个6岁孩子的构思！但结合他的成长环境和遭遇，一切又那样合理；甚至在日后《第一交响曲》中，于葬礼慢板间插入小调舞曲的构思，都源自这些童年的经验。葬礼曲、酒吧即兴曲、奥地利军乐、犹太吉他曲、波希米亚舞曲、天主教颂赞歌……所有这些，都成了他日后创作的源泉——没有伊格劳，就没有马勒。

在不断遭遇死亡的童年体验中，马勒过早窥见了现实的多面。给他打击最深的，是弟弟恩斯特的死。时年他14岁，恩斯特 13 岁（弟弟死于先天性心脏病。45 年后，马勒也死于同一疾病）。据他回忆，当自己目睹弟弟的遗体被抬入灵柩，跟随送葬队穿过闹市时，迎面邂逅了一群喧哗的醉鬼。这给了年少的他剧烈的心理冲击。永恒与世俗，沉痛与享乐，纯净与污浊，这些极端的对立在这个世界，何以这般交杂在一起？也许这就是他日后在维也纳读大学时，被让 - 保罗的反讽艺术所吸引的诱因。在让 - 保罗笔下，反讽的动机就在于将崇高琐碎化，与卑劣并置，以同时否定两者。其意义，旨在唤起对固有价值的反思——保罗称其为"对崇高的颠倒"。

"对崇高的颠倒"，持久地影响了马勒。略过这一点，可能就难以理解他在"第九"二乐章的狂乱舞蹈下，对世俗世界的讥笑痛骂，也可能难以理解他为何会这样形容自己的"第三"："这部作品是我对人类社会的嘲笑。"通常，此曲被解读为马勒对大自然的赞美。可在给友人寄去的信中，他却写道："到现在为止，所有人都该知道我作品中总是有那些庸俗琐碎的东西。不过要说庸俗，这首（'第三'）才真的是超出底线了。"

只有从"颠倒"的视角看，我们才可能领会马勒。又譬如，当他称其《第七交响曲》末乐章为幽默的音乐时，"幽默"究竟意味着什么？"第七"又称"夜之歌"，然而，乐曲自始便一反"夜"的常态。平和、静谧的夜晚在马勒那里散发着迷乱、狂暴的气息：那是躁动的、心魔乱舞的夜。马勒曾说，乐章开篇的灵感，是他在湖畔踱步时突然感到的某种神秘搏动。而对随之奏出的圆号主题，他又形容道："那是大自然的咆哮！"静夜与咆哮？在崇高的颠倒中，马勒触到了"夜"的心跳。

往后，二乐章灵异高远，三乐章阴诡狂暴，四乐章撩人心扉，终乐章辉煌绚烂——整曲因而也被解读为"从午夜到黎明的旅程"。但终乐章里，真的有"黎明"吗？！这正是马勒的"幽默"。他恰恰是以冷峻、颠倒的视角去看前方的"光明"。仔细聆听——辉煌绚烂的音响下，遍布着怀疑、讥笑、否定；那些泛滥的庸俗，那些突兀的转折，那些粗暴的打断。仅仅在尾声高潮前的某些瞬间，我才依稀听到马勒对未来依然诚挚的向往。但仅仅是瞬间——尾声贯穿始终，还是灾难的先声，是毁灭前的景观。最后一小节和声突变，猛地影射首乐章的主调音响，之后便是一声暴力的戛然而止。那正是马勒的反讽：曙光背后，是比夜更深的夜。

马勒的颠倒，同样深藏于他对调性的运用中。他自创了一种被称作"渐进调性"的模式。在传统的创作中，一首乐曲的终乐章总会与首乐章的调性保持一致，如此，声响的语境才可谓统一。但在马勒这里，自其"第四"之后，每首交响曲的终乐章都远远偏离了首乐章确立的主调。它们无论高昂、平静，都终结在了某个新调上。似乎对于马勒，只在一个新的调中，冲突才得以解决。唯一例外的是"第六"，它的开篇与终曲都结束在 a 小调。但就是这首别名"悲剧"的交响曲，其终乐章是在一片绝望的情境中收尾的。a 小调的统一在此，正揭示了"一切都不会解决"。这是作曲家对主调自身含义的颠倒：主调在此，成了其自身的反面，成了"不和谐"的隐喻。而所谓和谐，则是一次必经的流亡——远离主体之外，在"异乡"，解决才得以实现。

* * *

一切冲突之上，马勒的生与死，想来是这样的统一。伊格劳本就是一个异乡的汇集。那里的犹太居民生在波希米亚，却说德语；说德语，却是捷克人；是捷克人，又不说捷克语。总之，他们永远无法被归类，永远矛盾着。然而，就是这样一片异质混成的土壤，塑造了马勒式的视角。马勒从未试图构建出一个世界，他不过是在描述那个他成长的世界，那个给他苦痛，那个既是故乡、又是异乡的世界。是的，一切异乡都是他的故乡：一如《大地之歌》，这部马勒最具个人性的、以"告别"作为终乐章标题的作品，是以李白、王维等人的诗为原型而作的。马勒对东方文化完全陌生，但他依旧渴望更远的归宿。一如在遗嘱中，他决定将自己葬在维也纳城郊那片偏远的格林津墓地，没有选择那个音乐巨匠聚集的维也纳中央公墓。他知道自己不属于德奥的维也纳，不属于那个反犹主义的维也纳。他生于异乡，也望死在异乡。

19、20世纪之交的欧洲是一个怎样的时代？旧有秩序的崩裂、民族矛盾的激化、工业革命的膨胀，将引向不止一个世纪，而是传统社会的倾覆。在那个混乱的年月里，走过了太多伟大、天才的灵魂，竞相发出自己的声音：布鲁克纳、理查·施特劳斯、西贝柳斯、德彪西、斯克里亚宾、斯特拉文斯基、勋伯格……但只有马勒，独独是马勒，展现了那个世界大战前的"世界"——帝国军号、维也纳派对、犹太民谣、天主教合唱、波希米亚舞蹈……说出了只是那个时代，也只有那个时代才会有的声音：它的分裂、狂欢、腐朽、崇高……并仅仅以他个人的立场，抒情地说，颠倒地说，绝望地说。

我不敢肯定，有哪位艺术家，以音乐的语言，这样呈现过时代。而如果没有那个"异乡"的背景，如果不是这个无从归属、异族集聚的背景，在那个推倒一切的时代里，其实浓缩了那个时代。在他的音乐里，马勒做到了：他个人的声音，成了那个时代的声音。

在阿巴多之后，许久不再听"第九"了。直到某天，无意间，我翻到了1982年卡拉扬与柏林爱乐乐团在萨尔兹堡的现场录音。卡拉扬并非令人称道的马勒演绎者，不知当时为何想听，可能只是纯粹好奇吧。

前三个乐章令人惊讶的好。到末乐章，张力在放慢的速度中更显纠结，同时更宽广。弦乐齐奏的每一个音都铆足了力气，那些晦涩、浓稠、沉暗的声响进行，不知被什么撕开了一道缝，宛若射进一缕微弱的光，织体变得通透了。在这种通透中，我竟不知怎么去呼吸。在那个下午的弦乐声响里，也只在那个下午，在卡拉扬，这个马勒音乐的"异乡人"的舞动下，它的样子突然浮现了出来：一颗永世流浪的灵魂。现在，它要死了。是的，我第一次感到它要死了。在弦乐声浪的层层堆叠、竞相吞噬下，小号的宣言就这样温柔决绝地攀了上去。"永别了！永别了！"手稿上那些凌乱的字迹接连跳入我的脑海。猛地，我想到了马勒撕扯自己指甲的样子，想到他不断跺脚时的脸。

那一瞬间，仅仅那一瞬间，我不想再去听它是如何终止的，似乎那最后的五分钟对我已再无意义了。不知何时，还未回过神来，我发现它已经结束了。我竟不知它是何时结束的。

1937 年，德意志博物馆"永世流浪的犹太人"特展海报。次年，纳粹入侵奥地利，维也纳民众夹道欢迎。再次年，"二战"爆发。纳粹当政时期，马勒作品全数遭禁

摄于肖邦与乔治·桑在西班牙马略卡岛的住所。2015年我第一次去岛上，演出当天早晨，与他的"手"合了影

肖邦与钢琴

年幼学琴，脑中没有"人物"。初学那些年，全然不知作曲家的相貌。后来母亲买了一本《钢琴艺术博览》，悉数介绍史上名家的生平大作，并附上他们的漫画像——当然，那都是"前影像时代"的事了。但我已如获珍宝：哟，这就是贝多芬，这就是肖邦啊。

15岁赴美后，正式学习"西方音乐史"。柯蒂斯音乐学院的必修课上，翻开厚厚的书页，还是那些人，但配上了"严肃"的油画图片。从古希腊到文艺复兴，几乎只见史实，进入巴洛克，"人"才渐而凸显。维瓦尔第、亨德尔、巴赫、海顿、莫扎特……篇幅均等，唯贝多芬稍长。至浪漫一代，肖像骤然密集：舒伯特、柏辽兹、门德尔松、舒曼、肖邦、李斯特、瓦格纳、柴可夫斯基、勃拉姆斯、德沃夏克……

我旋即发现，这之中，肖邦所占的篇幅最短。甚至过短——仅仅简述了他作为"钢琴作曲家"的"特殊身份"。课后诧异之余，与同为钢琴专业的好友交换意见，他也大为不解。

这不解、这诧异，好不难说。自年幼起，无数钢琴学童就是凭借肖邦，渐渐塑成他们心中"钢琴家"的主体形象：孤独、诗性、忧郁……伴随汗水、赞美、训斥、掌声，在无数苦乐堆砌的时光里，波兰人的名字深深刻入每一个琴童的心里。心理记忆、肉体记忆，共同凝结为难以磨灭的情绪记忆：对于任何日后成人的钢琴家，无论喜厌，肖邦始终占据着无法撼动的位置。但在那天、那堂音乐史课上，这一位置被轻易地撼动了。

　　课后再读：寥寥数笔，丝毫不提他的创作高度，简直是侮辱。难道钢琴史与音乐史之间，存在着未被我等所了解的嫌隙？我与朋友决定一问究竟。找来几位非钢琴专业的同学讨论，结果更是诧异。他们都不以为然：肖邦是一个"不会写交响乐"的作曲家，钢琴之外，他一无所成。这近乎"客观事实"，于是困惑转为愤懑：抛开乐器形式不谈，这样的音乐难道不够独一无二？对方答，在他们听来，那只是"好听"的旋律，与其他人笔下的其他好听旋律并无不同，至于伟大，更沾不上边了。我们驳斥：他在旋律方面的天分高过了任何其他作曲家。对方仍不买账。甚至，其中一位还挑衅地说，论地位，肖邦还不及李斯特——毕竟，后者还写过交响诗。

　　多年以后回看这事，不禁笑叹年少时代的认真。但对那时的我，当真是挫败的经验：好像从未想过，某种观念上的差异一直存在。（其实对这个差异，我并不该感到陌生的。初来美国，就有一位小提琴同学对我谈及勃拉姆斯时感叹：肖邦只是通俗，勃氏才真的伟大。那时未较真，一部分原因，因为我也钟爱后者。数年后，某位我敬重的指挥又对我说，肖邦的协奏曲就是对指挥的羞辱。我苦笑，心里不服：莫扎特后，还有谁 19 岁便能写出这样的协奏曲？）但那天、那堂课后的当真，因为它真的被"权威"的立场证实了——且这个立场，也似乎为钢琴圈外的广大专业群体所认同。

现在想来，钢琴演奏确实是一件私事。台上台下，我们向来独处。自我校正、自我总结、自我批判，匮乏如管弦乐手在室内乐、交响乐中相互聆听交流的体验。我们的耳朵是"向内"的，或许，我们的见识也同样。昔时的挫败于是成为必然：那天，我诧异于钢琴在器乐界的孤立处境，同时，诧异于肖邦在音乐史的边缘事实。

＊　＊　＊

不曾料到，自己对管弦作品的钟爱，也悄悄始于那天。此后听勃拉姆斯，几乎全是交响乐、室内乐，对他的钢琴作品倒不如从前那样关注了；再听贝多芬，惊觉他的弦乐四重奏较之钢琴奏鸣曲更为神妙；对舒曼的热情，也更多转向了他的艺术歌曲。这是全新的快感：远离熟悉的钢琴语境，我更能跳离演奏的立场，直入"作品"本身。管弦乐的世界何其广博，流连其中，无须顾及自我，反倒更忘我。猛地返回钢琴，再弹肖邦，发现我对他的喜爱依旧未变——唯变的，我想，是自己渐渐会站在某段距离之外看他了。坦白说，相比弹，我发觉自己更爱"读"他的作品。我这样，是否更合他意？肖邦一生不爱公开演奏，时常抱怨李斯特弹他作品时的"即兴发挥"。有次看到 YouTube 上一则视频，题曰："肖邦是一个伟大的作曲家吗？"点开看，某加拿大钢琴家正奋力为波兰人正名，边弹边讲，言辞恳切。我又感叹：肖邦，你还是需要宣传啊。

但他早已被过度宣传。我是说，在社会的层面：其人、其事、其形象，早就深入大众文化记忆里了。爱国、忧郁、多病、早逝……那就是浪漫主义、民族主义的经典符号。且看他的肖像吧：多具符号性的一张脸！音乐照亮了这张矜贵的面庞，同时，也被它背后的象征力量所轻易收编——因而谈论肖邦，变得过于简单，也过于困难。

说简单，是因为对他的一切表述都可轻易附身于某种符号式的解读，或以"主义"（浪漫、民族、爱国……），或以"精神"（怀想、孤独、高贵、悲情……）。谁不是从这些角度切入肖邦的呢？说难，则是类似表述霸道地垄断了有关他的一切。我似乎明白了：这正是肖邦在古典乐界权威史书中，和在大众与琴童心中的极端反差所在。在"正史"看来，他总是某种名片式的人物，是古典音乐面对市场打出的迷情牌，擅长钢琴小品与安可曲，通俗易懂、取悦人心。但是，借同学的话说，"与伟大不沾边"。

是否是某种"交响为大"的观念所致？西方音乐的万神殿里，居于主位的，总是那些庞大体裁、繁重结构的缔造者。勃拉姆斯直到中年才敢发表交响曲，连舒曼在他生命后期也逐渐转向大型作品："我们现在需要的，是交响曲、四重奏……"这与其说是对大结构的迷恋，毋宁说，是某种对重量感、深沉感的"阳性崇拜"。它一面指向"自然"：自浪漫主义开始，没什么比自然景观更能唤起对崇高之物的向往，从而引致对宏伟音响的诉求（这在浪漫晚期愈加明显）；另一面，它指向"高处"——对古典遗迹的追溯。作为历史的巅峰，古典的成就已成神话。对它的向往，与其说是源于自发，毋宁说，是人对神话的喃喃致敬……

乍一看，肖邦与这些立场皆各错开。首先，他的作品不涉自然——他从不开掘标题化、文学化的音响叙事，只表达钢琴的声音。再者，他似乎也无心于历史。其最富个人性的体裁——玛祖卡、波兰舞曲、夜曲等——不仅属小结构，也非古典正统（按中国老话，有点"庶出"的意思）。而那些有着古典渊源的体裁——幻想曲、谐谑曲、回旋曲、前奏曲、变奏曲、圆舞曲等——又经过了极度个人化的翻新，以致难于认祖归宗。他似乎不事整体、痴迷瞬间，其中所影射的"女性主义"意味（一如他过于伤感、脆弱的形象），必然为"阳性崇拜"的交响世界所边缘化。

我到底想说什么呢？也许，我也有自己的苦衷。每读到前人对肖邦的比喻，一如舒曼"他是藏在花丛中的大炮，向全世界宣告：波兰不会亡"；或傅聪"肖邦至少是像李后主那样……"；或木心"肖邦，就是一部分的俄耳浦斯……"；我暗暗想：也许，不去谈论他更好。但这些年反复重读乐谱，我越来越看到了另一个肖邦。如果能重新回到少年时，我好想对我的同学说：我错了，你们错了，比喻错了，"音乐史"也错了。

*　　*　　*

这"错"，首先得归咎于肖邦自己——他确实是史上独一无二的旋律天才。"好听"的旋律，不仅遍布其所有主题，也贯穿他作品的每个角落——即便过渡段、炫技处、内声部也无一例外。似乎在他笔下，一切织体皆旋律。如此，移开旋律的视角来看肖邦几乎不可能。你几乎看不到：他是继巴赫、贝多芬之后，最伟大的结构天才。

　　将肖邦比作"藏在花丛中的大炮"的舒曼，在听完其《第二钢琴奏鸣曲》后大为困惑，至于原因，自然是其中备受争议的终乐章。"它令人入迷。它可以是任何东西，但恰恰不是音乐。"作为同代最先锋的作曲家，这一批评即使出自舒曼也不难理解：悲沉的第三章"葬礼进行曲"后，紧随的末乐章似一场阴风迅疾刮过，何止结构、布局、整体，便是细节也难于捕捉。一切古典的听觉习惯在此消解。

　　肖邦在此，看似摒弃了两个他创作中最显明的元素：旋律、和声。全乐章只以一条单声部左右手平行叠加而成——没有"花丛"，也没有"大炮"，与其说是乐章，更像一段莫名的尾声。未经仔细辨听，你很难洞察：其实它严格地遵照古典的双段式写成，有着清晰的主题、副题、再现；只是它们这般不经意地淡出穿插，以至于音乐的"形式感""仪式感"被倏然抹去了。但注意，通篇的单声部并非意味着"去和声化"。正相反，和声的存在获得了最大程度的强调——只是它并非通过浪漫的手法，而是巴洛克的复调艺术。

　　相较浪漫主义以和声"渲染"旋律，巴洛克则以线条"影射"和声。和声在后者那里是藏去的：复调声部的交纵如同网状的"血管"系起声响；而非如古典之后，使和声作为块状的"肌肉"凸显出来。但在此曲中，肖邦更进一步，连巴洛克的传统复调形态也一并弃之，仅一条声线便暗中把控住全曲的走势，使和声以隐喻的形式即勾勒出迷人的浪漫意象——意象，真的只是意象——在深处驱动一切的，是对古老对位法最娴熟的掌握、最大胆的创新。

*　*　*

巴洛克与浪漫，虽形式迥异，但两者都关乎"线条"（一个视觉的术语）；而在其间的古典时期，线条则被切割、打断，成为短小的单位——"动机"（一个纯音乐的定义）。动机不仅生成主题，也构成其余一切织体，使局部与局部时刻保持着有机的关联。这就是古典的遗产：最宏观的结构，来自最微小的分子。小单位的运动使织体随时处在变化中，因而赋予整体以不断的驱力。这种"小"的技术，在浪漫派初期（准确地说，在贝多芬后）神秘地遗失了。以此造成的后果，是奏鸣曲式在浪漫一代的全面衰退。

在舒伯特、勃拉姆斯等人的诸多钢琴奏鸣曲中，我们常常看到僵挪硬移的古典框架，却独独看不到对形式基因（小单位的互动、对立）的活用。浪漫的惯性难以更改：一代进入某个织体，它便自成一个语境，使作者难于，也不愿脱身其外。于是，结构的动力沉陷其中、难以自拔——体裁越大，这个症结就越暴露。*

肖邦如何应对这个问题？且不谈他的《第三奏鸣曲》（形式上最近于古典），只听其《第二奏鸣曲》开篇小动机的构架，主、副题织体的无缝连接，发展部不同动机变体的交织：你何时在浪漫派同辈所作的奏鸣曲中，照见如此"复古"的风范？！

一乐章主题前的两小节引子：一个刺耳的异调和声打破沉默，接着以某种决绝的意志推倒阻力——主题高昂地挺进。正是这个突兀的引子，埋伏着整曲的原动机，并以此"逼出"主题。而那个刺耳的和声，其实是之后副题音响的伏笔：动机直接影射结构，因此更富戏剧深度。

将整曲根植于引子，为贝多芬首创——它源自对结构最强烈的诉求。这首奏鸣曲的开篇，也依稀存有贝多芬最后一首钢琴奏鸣曲 Op. 111 引子的回响（肖邦也曾提及对此曲的钟爱）。当然，两者是迥然不同的音乐，但我们仍能从中窥见什么。这是关键的讯息：唯有以"奏鸣曲"作为切入点，我们或许能撕开一个缺口——肖邦的光芒，使其天才真正鹤立于同辈的，并非仅仅在抒情小品，而是在中大型的古典体裁中，

---

* 有趣的是，李斯特《奏鸣曲》所取得的成就，正因为它已脱离了奏鸣曲的传统形式。换言之，那是第一首真正意义上"浪漫化"的奏鸣曲。

何以使旧有形式焕发出如此有机的生命。

＊　＊　＊

以他著名的《第二谐谑曲》为例。主题由两个相反的小单元构成，一弱一强、一短一长、一问一答；两者源自同一动机，后者为前者的倒置。也就是这个倒置，衍生出之后的副题旋律，以及更之后的整个中段。由此，全曲表面是 A—B—A 三段式，但从乐思发展的角度看，实则是一个由呈示部、发展部、再现部构成的统一奏鸣曲式。这就是肖邦的独特。一句话：他解放了奏鸣曲式，使它从传统的古典语境中脱身，借三段式小品的表象模糊其框架，以获得更自由的叙事感、情境感，但同时坚守奏鸣曲式原本的"小单位"基底，贯彻结构整体的能动性、戏剧性。

他对"再现部"的改造，则更为大胆。《第一叙事曲》接近结尾处，主题在一片阴郁的转折中回归，没有了开篇时的抒情，同时决然缩短——先前呈示部里整整两页的主题段，再现时被剪至短短三行。那已然不再是再现，更像是一抹剪影，预示着尾声的悲剧性高潮。在此，主题的"主题性"被牺牲了，但由此换来的，是结构最大程度的有机化。

在他全部的《叙事曲》《船歌》《幻想曲》等大结构作品

中，再现部一概被大幅裁剪——或将主题整个摘除，或将其中各局部拆开重组，或将主题与尾声合并，使人几乎听不出结构的回归……仿佛它们被隐去了。是的，它们确实是被隐去了——肖邦从不一味致敬古典。他"折射"它们。《第四叙事曲》发展部最后，主题以复调的形式隐隐重现：发展部、再现部以最内省的语言交叠在一起，难分难解、亦身亦影……

　　肖邦对结构最惊骇的宣言，莫过于他的《幻想波兰舞曲》。有学者惊叹：这是史上第一个"自由曲式"，因全曲散落着不同的段落，又自带不同的主题，以至无法将它归于任何传统的模型。事实果真如此吗？

　　开篇第一小节，一组降 a 小调—B 大调的双和弦打破沉寂，紧接着一段轻琶音。拆解开看，第一小节的全部音符，就是一组 6 音音阶——全曲动机，就是这 6 个音。

　　6 个音。此即音乐的局限、无限。往后各段主题，均由之变形而生。再看：随后数小节，引子持续进行，其骨干，又与上述 6 音音阶吻合。换言之，整个引子段，就是它第一小节的扩充。肖邦对他的天才是否自觉？是的，甚至，是最大可能地自觉。

　　原稿中，引子每组琶音的最末一音（理应右手弹奏）特意被标注为左手奏出。20 世纪始，诸多权威出版社都无视这个换手的指示。一位柯蒂斯音乐学院的教授告诉我："这必定是书写错误。在尾音换手纯属作秀，是李斯特才会做的事。"暂且不论这是对肖邦创作意图的轻视，抑或某种迂腐的观念作祟——肖邦之换手，就是为了使动机的行进获得最大程度的强调，以动作暗示奏者、以视觉暗示听众，去注意结构骨干音之间的关联。

再看：开篇引子的双调和弦，是降 a 小调—B 大调，但此后由第一主题带出的全曲主调，却是降 A 大调。那可是某种自我否定？

毋宁说，是一种"自我观照"。倘若第一主题是"自我"，那么开篇的引子，正如"我"的倒影——这倒影，才是整曲的根基。随着乐思不断地发展，"自我"一直在走向回归"倒影"的途中：一段接一段，调性从降 A、到 A、到降 B、到 B，一步步完成了这个双调和弦的跨越，直抵感人的中段——它一分为二，B 大调先进入，降 a 小调随后，它们一节比一节内省，最后竟在句句梦呓中，抵达了引子的再现。

但这里没有再现，只有回声。开篇时，引子平静的行进在第 9 小节陡然转折、渐入主题，而此时的再现，则"适巧"始于同一组音。谁告诉我肖邦自知，还是不自知？初学这首时，我也曾以为此处的呼应是肖邦即兴所至，因一切又突然，又超然。可这超然之下，蛰伏着对结构最深刻的内省。此段再现，近乎"倒影的倒影"，是那最为内部的地带——无论对于精神，还是结构。

　　但它仅仅持续了数秒。再现段的末尾将我们带到 A 大调，一个全然陌生的异调。结构如同惊颤一般挣脱梦境，音量在一秒内骤变，和声瞬时转至惨白的 C 大调并撕开音响，将乐思从幻境逼入现实。这是全曲最暴力，也最动人之处……而后一切暗下，"倒影"再次浮现，在更深沉的情境中最后一次歌唱。结构自此层层推近悲剧的尾声，在攀向高潮峰顶的途中，作为"自我"的第一主题终于再临。最后四个小节，引子的下行又在音响底部重现，似某种意外的回溯；主调遂以一个宣言式的和弦刺向高空，隐喻般地终止。

　　将这首作品定义为"自由曲式"，实在委屈了这般自觉的天才。当然，它更不该被定义为某种三段曲、或奏鸣曲式的变体。假如肖邦同意（也无所谓他同意），我愿称它为"倒影式"。正因无论在调性、结构、精神上，全曲都是一段将核心置于"彼岸"，并与之观照、反思的进程。

*　*　*

　　借由"倒影"的维度，或许，我们也能洞见肖邦旋律深处的秘密。想必无人会质疑：将为某乐器所作的美妙旋律移至其他乐器演奏，总会失掉它们原有的风韵。而在肖邦这里，这个问题尤显突出。通常的结论是：肖邦的旋律"只适合"钢琴的音色。但我总觉这样的说法过于轻率。何谓"钢琴的音色"？难道莫扎特、舒伯特、舒曼的音色，就不那么"适合"钢琴？

我愿试着说：看肖邦的旋律，看他旋律之外。仔细辨听：诸多诱人的表象下，藏匿着细致入微的声部运动，雕刻着上方主题的色彩变幻……是的，那是对位的艺术——只是声部的分际不再显要，织体的轮廓也趋于朦胧。姑且这么说：那是被"旋律化"了的对位。一如他诸多夜曲中，伴奏诸声部各自散落着主题的碎片，一同衬映着高声部的乐句主体；又如他许多大结构作品中，一条旋律兀自分身，窜逸于各声部间，在织体的不同角落遥相呼应……繁复的技法经他拿来，融为片片光影；线与线的盘根错节再难辨别，仅剩下声与回声的聚散、折射、相映。

倘若传统的对位遵从"分"的法则，那么在肖邦这里，则化为"一"的艺术。甚至，那已不再像对位。肖邦旅居西班牙马略卡岛数月，随身乐谱仅一套巴赫《平均律》，对复调艺术的钟爱可见一斑。李斯特曾说，对自身所爱，肖邦往往藏而不露——他天性如此。对音乐传统，他也如此吗？翻开谱面：何其明晰的声部勾勒，何等深刻的对位意识！他创造了一面面色彩斑斓的世界，但他的艺术，究其本质，其实是

线条的艺术 —— 不过是经由最缜密的笔触，最苛求的审美，以及某种与生俱来的分寸感，擦掉了任何可循的痕迹，同时，刷新了我们对复调法则的所有刻板记忆。

自巴洛克以来，复调对位，即音乐最高的抽象形式。管风琴、古钢琴、羽管键琴在此后的迅速崛起，及现代钢琴的最终诞生，均与之不无关联。相较室内乐、交响乐由不同乐器演奏时在音色、特性上的相异，在键盘乐器统一且中性的声响内部，我们只剩下了线条间的抽象关系，只得去关注这个关系本身 —— 复调，旨在"复调之间"。对这一点，肖邦自然深知。但他无疑看到了钢琴在 18 世纪后，在浪漫主义语境中的更大潜力：在一个由踏板（仅钢琴设延音踏板，使泛音得以持续）所构建的音响世界中，一切"之间"都可延伸出"空间"。每一音同是其余音的泛音，每条声线也同时是其他声线的幻象；线与线互为伏笔，竞相牵制；声与声彼此悬置，难解难分；一切都不再仅仅是旋律，抑或，一切又都是旋律的一部分。正因为对位 —— 一种矜持的、甘愿伏于音响内部的对位 —— 照亮了旋律史上那些久久难忘的瞬间。

同时，也照亮了它们身后的那架庞然之物。这"乐器中的乐器"，能模拟交响乐的宏伟、室内乐的立体，能实践一切配器的想象，时而仿长笛，时而学小号，时而像打击乐……但什么才是它自己？在那个钢琴不断被叙事化、文学化、交响化的时代，唯肖邦，紧紧把握住了它内在的"纯度"，把握住了它仅以泛音交纵的共鸣，便可开掘出的美学的深度、广度。

*　*　*

弹琴之人写肖邦，总有顾忌的。肖邦不喜人，更不喜人谈他的音乐。年前读李斯特《肖邦的一生》，不时替主人公难堪：那是真正的肖邦吗？李斯特酷爱文学，书中所写，极尽言语之能事。虽往往有失分寸——肖邦无可救药地迷恋分寸。

但读罢我还是落泪。李斯特爱肖邦。有谁见过一位作曲家，倾数百页之力，撰写另一位作曲家？对于乐史，这是何等奢侈的文献。但我猜，肖邦不会领情：他向来不喜"文学"。他对人文传统少有的涉猎，以19世纪的立场看，几乎不够格；他大部分书信，通篇叨絮，又何止陷人于无趣。较之李斯特大段盛赞乔治·桑的文章，他在信中谈起女友作品的三两碎语，简直尴尬。他真正的内心，一如他拒绝舞台，藏在人所不能及的地方。艺术确实是他的隐私：他从不"进入"什么，一如我们也从未触及他。早年移居法兰西，他也并未有心留下。某刻，他对友人笑称："我只是路过巴黎。"

何止巴黎。对整个西欧，他同样是"路过"。李斯特的叙述令人动容，但那终归是浪漫主义的一厢情愿。我们路过那些斑驳瑰丽的文字，也只能依稀窥见它们身后的倒影。波兰人眼中的世界，可也是重重倒影？远近逶迤，巴洛克的记忆，古典的景廓……19 世纪的长河徐徐致远，舒伯特、门德尔松、舒曼、李斯特……那也是现代钢琴的第一个时代啊。众人围拢来，门德尔松倾慕他，柏辽兹赞颂他，舒曼高呼：脱帽致敬吧，天才降生了！唯天才漠然。有时，隔很久听肖邦，我还是会回到 16 岁的自己，会忽然感动：似乎不为肖邦，而是为钢琴。

*　*　*

至于他的祖国，我又该说什么呢？这是另一个绕不开的话题。有关肖邦的文献著者，大多特谈"民族""爱国"云云——包括李斯特。两个世纪过去了，民族主义的狂澜汹涌如旧。然而李斯特也说，肖邦对彼时欧洲的思想运动一概沉默。放在今天，他真的会是一个民族主义者吗？信中每念及故土危亡，他确实语气炙热，但翻来覆去，只是牵记亲友，不再谈其他。想来肖邦不爱通信，与之信往者多为少年同伴。嗯，一个恋旧的人——说他爱国，我想，就是乡愁吧。

　　艺术于他，又何尝不是乡愁。他轻视同时代的几乎所有人。"别弹得像李斯特那样！"这是他对学生的忠告。对门德尔松、舒曼，他三缄其口。他心仪巴赫莫扎特，为其玲珑剔透的技法所折服；他爱意大利歌剧，只因其优雅。论及贝多芬，他态度矛盾起来；谈起心爱的舒伯特，又忍不住抱怨："就是意图太简明了"。我猜，任何离得过近、显眼的物事，都令他不适。他对"雅"的态度，毋宁说是对距离的态度；他的美学，其实是对美的距离。一如彼时他在巴黎，与友人轻轻谈起这些，波兰同样离他很远很远。

　　波兰，我早经熟悉。说来奇怪，每次落地华沙，我都内心悸动：我自己知道，打小弹肖邦，那几乎是某种生理的反射。人对自己的童年也有乡愁吗？——而我对波兰回回失望。14 岁第一次去，就是为参演"肖邦音乐节"。抵达的翌日清晨，我与恩师但昭义漫步野地，迎面撞上他的纪念碑。阳光大好，在杜什尼基的泥草晨露间，我上前抚触那张垂目微斜的脸；东欧的盛夏奇凉，我手心痒痒的——我知道，他离我很远。时隔三年，17 岁的我走在华沙的雨中，路人匆匆而过，带着愁苦骄傲的面孔，我又念及他，心头一阵惘然……又过了两年，车从华沙机场一路驶过肖邦公园，暗灰的天色与红枫林交集着闯入视野，我试着努力感受，终归一片空白。

　　也许，"朝圣"也该在对的地方。但此后不论以他命名的

肖邦在马略卡岛的钢琴。据说岛上的日子，是他为数不多的幸福时光。在给朋友的信中，他写道："我重获了新生。"彼时，他离巴黎、波兰都很远

哪处场所——故居、教堂、音乐厅——凡在波兰的，我全都无感。是期望过高吗？说来惭愧，近年去华沙，我不再想起肖邦。偶尔起念，不过是再一次确认：他离这里很远。

除了那次。大约几年前吧，那是克拉科夫的某个冬夜。我一人闷在酒店，通读美国作家冯内古特的小说。当天并无演出，波兰又天黑得早，读兴一起，竟也忘了晚饭；直到隐然胃痛，已是夜里11点了。餐馆早打烊，只得将就去便利店买些什么。出旅馆右拐，过小巷，就是一家——推门，我诧异深夜还竟人头攒动。走道暗窄，壁顶打着昏黄的灯，店家穿着破旧的皮大衣，恍若90年代的中国。我拎着选好的面包，手攥几枚硬币，呆立在那儿，突然想到肖邦。回旅店的路上，疾风刮脸，巷道漆黑一片，左右楼墙颓斜，我一人踏着雪，饥肠辘辘，脑中只有一个念头：这就是肖邦的祖国呀……

去年回国，闲来无事，捧起木心那篇《哥伦比亚的倒影》。读到最后一句，骤起心酸，又想起了多年前克拉科夫那个烈风萧萧的深夜，好像明白了什么，却还是什么都没明白。

——那一句是："如果风再大，就什么都看不清了。"现谨以此句结束这篇，不知是献给我惶惶近三十年的学琴记忆，抑或献给陪伴这段记忆最久的那位波兰作曲家。

舒伯特的房间，摄于 2014 年深秋

维也纳的孩子

大学时代总是令人怀念的。晚间课毕，三两人寻得一间空教室，朋友摆出正练着的曲子，一副寻衅的架势："看，贝多芬这段，写得多难听！"

　　现今独自巡演、练习，音乐真成了件个人的事。不比那时，聊天就是音乐的一部分，大家相互串琴房，总想着凑在一起，辩些什么。谈起乐史众家，钟爱倾心是不少，但正当青春，轻狂难抑，还是不比数落"劣作"来得快意。何止贝多芬——勃拉姆斯、德沃夏克、柴可夫斯基、布鲁克纳、瓦格纳、李斯特……一概被大家伙轮番骂遍，好不痛快。现在想来，这"狂悖"的行径多么奢侈。年少不狂悖，忽而某天老了，还敢吗？

　　但我那时也不敢。大伙儿说着，我或笑或反驳，即便心里与某位作曲家隐隐为敌，也总想找出爱上他们的理由。我天性如此吗？但确有某次，我记得自己在钢琴前放上一本舒伯特的曲集，对着电话另一端的好友，尽数弹起他早期创作的若干段落，边弹边尽力夸张，直到笑得缓不过气来。个中原因，自然是觉得写得难听、幼稚。

那些段落，真的幼稚吗？这是太专业的问题，不展开了。其实，这一案并不足道——某学期公开课上弹完一首舒伯特奏鸣曲后，问同学意见，同学说："曲子本就臭长臭长，你弹得也臭长臭长。"近年读村上春树《海边的卡夫卡》，读到主人公问他的好友何以爱听舒伯特，答曰："因为完美地演奏弗朗兹·舒伯特的钢琴奏鸣曲是世界上难度最大的作业之一。"主人公又追问何以难弹，又答曰："因为曲子本身不完美。"

往后是大段论述，逐一举出种种"不完美"的证据，临了，补上一句："舒伯特嘛，让我来说，乃是向万事万物的存在状态挑战而又败北的音乐。"

说得好！但如何定义"挑战"？怎样算"败北"？我不知道。搜索脑海中舒伯特的诸多形象，记忆最深的，是他与歌唱家福格尔散步的漫画——福格尔高大，挺身仰头，舒伯特跟在后面，矮小得简直滑稽。

与其他名家不同，舒伯特从未面对过"公共"。他在我上大学的年纪，在父亲的音乐学校里教书。在我各国巡演的年纪，他在奥地利某封地领了份"甚为满意"的差事。今夏我满31岁，他死在哥哥家里。十多年前，我听80余岁的克劳德·弗兰克在费城演奏钢琴奏鸣曲 D. 959，老头子微微昂首，哼鸣自语；我坐在台侧廊道，正对他痴老的脸，心想：80多

184

舒伯特与福格尔的漫画像

岁的舒伯特，会是什么样子？几年前在日本演出，好友与我
电话聊起离世不久的某位同学，不知怎的，话题转到了舒伯
特。翌日漫步东京，我耳机里放着三重奏 D. 929 的终乐章，
回酒店后，在手机上自顾自地写道：

在妓院面对妓女措手不及的舒伯特
在异性恋的歌里爱着同性的舒伯特

在《心经》前一遍遍抄诵《圣经》的舒伯特

舒伯特已死，多少人幸存了

现在翻出这首短诗，倒真是幼稚。去春为独奏会巡演导赏，谈及奏鸣曲 D.894，我又写下："有些事是如此个人的体验，使一切表述尽显乏力。"但我分明是在表述呀。一如我现在坐在电脑前，决定写他，依旧试图在表述。

许多事，其实自己不明白。比如何以越到近年，越惦记舒伯特——不是爱，而是某种亲密的惦记。是年龄渐近的缘故吗？毕竟，从作品出发去体悟作者的命运，是一种经验；但从自身出发，感受作品的命运，则属另一种了。此前读他的书信全集，一页页翻下去，过半，感到世界点点暗下来，静静等着最末一封……那是写给挚友的，头行就三个字："我病了。"

可我知道，问题还不在年龄。短命的天才何止一二。莫扎特便是一例，我绝少想到他的早逝，更不会为之痛惜。对艺术，我总抱有隐秘的宿命观：所有天才的性命，在我看来，都终结在了"对"的时候。这话或许不敬，但我不买账：谁能跳出历史去看历史？想想吧，莫扎特要是高龄，贝多芬又将如何？贝多芬呢？以他的晚期四重奏推断，再写二十年，哪还有浪漫主义？肖邦呢？遭遇中年危机，去写交响乐？不对，都不对。

但舒伯特不一样。他早年的创作确有愚拙（我至今仍这么看）。但正因为这样，他晚期（这个词，适合舒伯特吗）在技法、气品上的疾速成熟，才真正令人扼腕。与莫扎特不同，这些创作的背后还藏有远未开掘的空间：在这个意义上，舒伯特的死，并不在"历史"中。那短短三年间所涌现的杰作之密度、速度、高度，时有让我想起凡·高。但凡·高毕竟画完了他想要画的——是我臆断吗？他最后两年的画，在我看，张张道尽这一点……况且在今人眼中，荷兰人的死，惊天动地。

真正的悲剧不惊天，不动地。幼时读老迈的贝多芬躺在榻上，读罢（他听不见）舒伯特的作品后大惊，急求面见，说："我的灵魂是属于弗朗兹的。"长大后才得知，那不过是野史轶闻。

但舒伯特对贝多芬的仰慕，确非传言。1827 年贝多芬死，他在抬棺人的队行里；1828 年，重病的他听罢贝多芬弦乐四重奏 Op. 131，叹了句："音乐还剩什么可写的……"三天后他随老人而去，依其所愿，落葬他身旁。"我的灵魂是属于弗朗兹的。"多好啊：19 世纪初的维也纳，一个老人，一个孩子。历史与传说汇合了。

＊　＊　＊

但我想说，舒伯特并未属于过维也纳。我是说，那个古典三杰的维也纳。这是 19 世纪的一桩个案：即便"路过巴黎"的肖邦，也绝对"属于"过巴黎。那时欧洲绝大多数艺术名流，凡同代、同地，均有密集的互往。境遇惨绝的凡·高仍有高更，置身世外的塞尚还有左拉，被奥地利主流歧视的马勒，也遭遇过弗洛伊德、托马斯·曼、茨威格……换言之，他们都身处同一个"中心"——更何况 19 世纪初的维也纳。

但舒伯特生在此中，渺然其外。这不是语境，而是处境的"外"——而处境对创作的重要，恐怕胜过语境。接连被剧院、演出机构冷落，一次次谈起新的歌剧计划又了无下文；末年四处寻求出版商的青睐，鲜有回音；将新作的交响曲谱寄给维也纳音乐协会，原稿却尽丢失；去信歌德，当天门德尔松信至，歌德热情回复，舒伯特的信则从未启开……昔时我笑他，其时不明白：他一生都匮乏其他天才所有的际遇，匮乏际遇所能为艺术提供的信心、雄心、野心。在 18 世纪末自由主义的大潮流下，在莫扎特因无法忍受而挣脱宫廷束缚，走向自由创作的年纪，舒伯特心甘、情愿受制于人。不断的挫败、贫疾，他无可能要求更多。大有深意的是：他的中晚期作品，均遍及"重复"。

　　各层面的重复。慢板旋律里重复的同音，伴奏织体中重复的节奏，结构布局间重复的段落。这些重复指向了什么，抑或，透露了什么？当然，作为基本的创作手段，"重复"在所有作曲家的作品中皆可循见。贝多芬的音乐就是典型：《田园交响曲》一乐章发展部，某小节甚至被连续克隆了数十次。但贝氏的重复充斥着强烈的目的性——非为了反复而反复，而是出于遏制——遏制乐思前驱的冲力，以聚积对此冲力的欲求。那样的重复近乎暴力，同时自觉：它克制已身，却释放出可怖的能量。

　　打开音响，钢琴缓缓奏出《冬之旅》的引子：持同的节奏、持同的音响，持同的强弱，犹如凝重的轮转……在舒伯特那里，我们获致了另一种重复。没有贝氏的遏制、积聚，而是几近宿命的承受。乐思在恒定的步态中延续，沉暗的音响贯穿始终，又无所终。男中音的歌声自很远传来："来时，我孤单一人；走时，我亦孑然一身……"

　　重复在此，暗含某种深刻的消极。不难听出，这首与他三重奏 D. 929 二乐章的伴奏织体有着惊人的相似——两首创作不过相隔数月。相似的又何止这些：第九交响曲 D. 944 慢乐章、钢琴奏鸣曲 D. 959 慢乐章、钢琴奏鸣曲 D. 960 慢乐章、弦乐五重奏 D. 956 慢乐章……不仅伴奏，旋律更如是：某一音常在主题的哪一处停驻不前，好似被伴奏说服了一般，与下方沉静的音响同步趋附，似乎音乐真的要停下来了——充满深情地停下来，哪怕仅仅一刻，再引首向前……是的，它们宛如行走，消极的行走，遗失了目的的行走。去往何处？舒伯特一生的创作，都贯穿着这个追问。

* * *

携着对那些蔑视我的人的爱，我再次去遥远的地方流浪。那些漫长的岁月里，我唱着我的歌。我歌唱爱时，它却成了痛，而我吟咏痛时，它又化为了爱。

因而，我是夹在爱痛之间的人。

某时，那个死去的虔诚少女又重现于我。人群在她墓前围绕，少年与老者徘徊其间，宛如永恒的福佑。他们的交谈那样轻柔，谁都不愿惊醒她。

天堂般的思绪仿佛灿然花火，于少女的墓前不断升起，轻细地洒落在少年们身上。我也想走近；却闻唯有临受奇迹的人才可趋前。但我仍走了过去，姗姗地、挚热地，随视野沉向那墓碑，我发现自己已身在其中，被无比迷醉的旋律环绕着。恍若迈入一瞬的空旷，我体验着永恒福佑的全部。我也看见了我的父亲：爱着我，原谅了我。他哭泣着拥我入怀，我亦更其如此。

舒伯特文笔好，他的艺术歌曲就是明证——在那些音与诗的无间融合中，我们读见他对词语的钟情。以上段落摘自其日记（恕我斗胆妄译），开篇处题有"我之梦"，不知算注释，还是篇名。以年份算，时年他25岁。虽说是"梦"，但几近写实——年少丧母，父子不和，离家出走——文中所写的"少女"，便是妈妈。家在哪里？根与失根、记忆与现状的矛盾，构成了舒伯特精神世界的双面（借他自己的话：那个"爱痛之间"）。"那些归来的最后希望都破灭了……曾经无与伦比的幸福时光，究竟对我们意味着什么？""那首《孤独》是我最好的创作了，我写它时心绪畅快……"一页页读他给同伴的去信，我想，他果真流亡在记忆里。

而他流亡的更大半，交给音乐。《冬之旅》第11曲"春之梦"——春冬互喻，"梦"之所指，自然是回忆。歌词一反前章的阴郁深邃："我梦见欢欣的花朵，在五月开放……"

"我梦见欢欣的"，乐思伴随明亮的大调和声，旋即"花朵"一词，一下落入伤怀的小调。许多个晚上，我重复听着这段旋律，暗暗感动，又不知为何。18世纪以来，大小调和弦的频繁切换早经常见，但它们均作为"显"的形式，以达成戏剧、情绪的对立。舒伯特此处的变调则看似无心，仿佛隐隐而过，以致抹去了变调应有的立意。关键在于：为何偏偏是"花朵"？一个明丽的词，何愁之有？

透过"之间"的维度，我们或可辨明此中的心理动机。家园作为消逝之物已成创伤，而一切创伤，又投向幸福的追忆：某种两极的精神磁场，在深处左右着舒伯特的调性轨迹。D.960 的慢乐章，重复的主题在大小调之间接连转换，乐思攀升、沉落，每一轮变调，似揭开又一道伤痕。D.956 开篇，敞开的大调和弦突变为阴闭的小调音响，再回大调时，如敷上了一抹介怀的感伤；到副题段，旋律自降 E 大调转进 C 大调——正因此前的降 E，早早埋下了 c 小调的影子……再看《冬之旅》，第一曲最末，主旋律从 d 小调至 D 大调，反倒聊生悲意，男中音的旋律渐轻渐远："这样你才看到，我对你的思念……"

倘若古典的大小调转换，旨在戏剧的表达，那么在舒伯特这里，它们则指向"处境"。什么意思呢？

"自我"出现了。不是那个意在表达的、自觉的我（一如贝多芬晚期那些深沉的慢乐章），而是某种隐于表达、有甚于表达的——那个不自知的、处境上的我。古典对结构的诉求，使它无法摆脱某种"客观性"（倘若可以用这个词的话）：细节的意义，在于它们与其他细节、与整体之间的关系。但在舒伯特这里，"主观"初露端倪：局部之间的相互关联不再重要，取而代之的，是自我历经它们的过程。换句话说，先前内部的、纵深的维度，转化为外部的、风景的维度——假如贝多芬思想的核心是"建筑"，那么舒伯特的音乐则是程程旅途。

于是一切伸缓、拉长，"旋律"始渐抬头。中国古诗有说法：人咏景，是自况。旋律之于 19 世纪音乐，不就是它自身"主体化"的显现吗？当然，我所称旋律者，是与巴洛克声部、古典动机相区分的，那种浪漫主义的长线条乐句。

纵观舒伯特的创作生涯，我们同样可以看到某条"主旋律"。他毕生紧随古典，却从未真正进入它（一如他从未真正进入维也纳），那些早期作品虽然才华具现，仍不免时时生硬。而到中后期，某种隐晦的行迹渐渐显露：一首首为诗谱写的艺术歌曲倾涌而出，同时，在奏鸣曲等大型体裁中，长线条的乐思开始渗透固有的小单元模式。如此，古典原本的"积极性"——动力感、方向感、整体感——被一步步削弱。我几乎愿说：在高的意义上，无论之于古典、浪漫，这些奏鸣曲均属"边缘"。旧有的形式经已丧失活力，沦为流于空洞的符号；焊接的伤疤斑驳可见——发展部中，主题虽照贝多芬那般反复变型，却并未有效地增强结构的张力：那不过是对已死的符号，对古典神话的重复致敬。乐思折转几近徘徊，主题模进了无终止，每一处变换，仅是途中相似的又一景……以我的揣测，舒伯特不知该怎样停下来，该在哪里停下来。

*　　*　　*

最末三年，潜藏着异常难解的讯息。一者，作品的精神品质愈趋内面，艺术歌曲尤其抵达了令人惊骇的内省。（对死亡迫近的预感，可是原因？）但同时，他笔下的古典技法竟也同样被"内面化"（这或许更不可思议）。姑且换个说法，他逐渐洞悉怎样将长线条的旋律基因，植入短小的动机分子中——那是两个时代、两种音乐行将分裂的前夜。

奏鸣曲 D. 894 一乐章中，由重复的同音构成的主旋律沉缓行进：在此，"重复"自身成了"动机"。发展部的繁复转调不再显得冗赘，反而释放出强大的精神凝聚力；空落的动机在不断攀升的重复中悲壮地解体，勾起对主旋律更深的召唤。召唤什么？出版商将其改名为《幻想曲》，或许是对的——它确已越出古典。但舒曼却说，这是舒伯特结构最完美的奏鸣曲（舒曼自己的《幻想曲》，原名正是《奏鸣曲》……）。孰对孰错？在我看来，"完美"一词指向的，是作者的自觉。冥冥之中，他看清了自己在古典话语中的位置：一个四顾无人、无所对话的位置。

并且从这个位置，看到了它的对面。有意或无意，末年舒伯特悄然篡置了古典的形式密码。那是一种"主观"的篡置——动机的模式，化为旋律的尺度。古典基于"建筑"的要义，以块状的音型搭建整体；但到舒伯特晚期，凝结团块的粘力被渐渐稀释，音符如获自由：无非一个音，再一个音……一个"空间"的维度出现了。两音间距自有远近，语句跨度尽有疏密——音乐本不就该如此吗？舒伯特晚期的技法，较之古典三杰究竟简单了，但其所以动人，所以经久，正因他不再关注、也无心经营古典风格对音型雕琢、局部对峙的索求。他倾心于更远的视野，那个行走的、流亡的视野。《冬之旅》第五首"菩提树"，歌词如下：

城门外的井旁，

有一棵菩提树；

它宽大的绿荫下，

我有过许多的梦。

我曾在树干刻下，

多少遍爱的词；

无论愉快苦恼，

我终是走向它。

简单吗？如果你听过，便知音符比歌词更简单。"城门外的井旁，有一棵菩提树"，旋律起伏占据一个五度的空间，它缓缓下行，尾音沉于自身底部。"它宽大的绿荫下，我有过许多的梦"，旋律再复来，又缓缓落下，仍在五度间内。"我曾在树干刻下"，和声陡然反转，音响始自敞开，旋律由下而上——至"多少遍"时，扬起的乐句在那一瞬跃出原有的界地，空间旷然打开至六度，钢琴伴奏随即腾空，声响骤然失落——遂经"爱的词"，再落回五度，平复适才的惘然。自始至终，音的行进、词的行进都在根处紧紧缠绕。这首"菩提树"，我不知听了多少遍，被"多少遍"那一刻触动。仅仅从五度到六度的一步，仅仅一寸空间——仅仅一个音！这种对距离感的捕捉并非也无法称其为"构思"：它超越构思，是冥冥之中作者处境的天然投射，是某种对音程空间、声响跨度的隐隐体悟。它单一、原始。也因为原始，有多少作曲家会留心于此？这才是舒伯特的动人之处。一步，再一步，就是音的行走徘徊，是时间成为空间……仿佛音乐自身的行吟：这门最朴素，又最难尽的语言。

弦乐五重奏 D. 956，又是另一个例子。一乐章副题，降

E大调的旋律温实之余，带着难以畅叙的苦衷，乐句辗转不出离四度，高点止于降A音。间或，伴奏内声部援升，音响借势滑入C大调，将乐句推向更高的A音——四度、增四度、五度，恍惚间已是全新的表达——然而绝不可在此停住，旋律继续攀升并抵达G大调，将空间推展至八度。是调性引领着这一切吗？不，调虽在更易，却并未制造任何戏剧、色彩的反差。我们的直觉被音响的"蒙太奇"触动，其实是被某种豁然敞开的空间撼动了。承空间之变，和声才变——我们经已习惯从调的法则来看音乐，但舒伯特却自另一端拉开了我们的意识：声音如路，是音对自身空间的寻索，左右着调（风景）的变化。在奏鸣曲D. 960的开篇，著名的主旋律从三度，至纯四、减五、纯五、大六、纯八，音域扩张的同时，音响意识流一般从降B沉入降G，好似延绵的远行……调性在这里，并非策略的编排，仅仅是处境的显现。

因为留给他的只有处境，没有策略了。如果有策略，那就是写下去，不断写下去。晚期的舒伯特虽仍不时折回古典的迷墙中，但迫于孤绝，或有感于死亡，他没有一直待在那里。总会有某个角落，某个属于音乐语言（于舒伯特，音乐真的是语言）最内面的角落，我们听见他走进那里，去和自己说话。"有时，一种旧风格的死，比一种新风格的诞生远为

神秘。"查尔斯·罗森在《古典风格》的末尾如是道。我想，
这话既对历史，也对个人。舒伯特生在古典的死时，死在浪
漫的生时。他万幸地活在两个时代、两道光芒的交汇处，也
永远消失在那里。一个天才的夭折，是否也是神秘的？死前
数天，他对好友谈起未来的创作计划，兴奋地说起那些"脑
中浮现的新式和声与节奏"……

　　他所谈及的新式和声，或已初露端倪（《弦乐五重奏》诸
多实验性之处，怎可能是绝笔），那会是怎样的音乐？我又像
做梦一般。《冬之旅》最后一首，男子的声音在骇人的冥静中
幽幽吟起：

　　　　陌生的老者

　　　　我能走近你吗？

　　　　你愿意摇动风琴

　　　　唱出我的歌吗？

＊　　＊　　＊

　　我终于去拜访舒伯特，是七年前的某个秋日。天阴，秋
风湿冷，一座带内院的独栋。进门右拐上楼，就是哥哥费迪南
德的寓所，同住的，包括哥哥的妻子和三个小孩。他死在那里。

进门就是客厅。一架木色三角钢琴摆在正中，键盘已被透明板锁住。右侧小门而入，一间偏室，空空如也，门旁有字：舒伯特的卧室。据传他刚搬来时，屋内油漆未干，还伴有严重的漏水；进门，一盏昏暗的小灯打向天花板，墙面微倾，地板残陋不整；角落一扇森严的长窗，窗外就是维也纳的天。量了量空间，摆下一张单人床，刚刚好。

回客厅，我瞥见离三角琴一米处，竖着另一张告示。具体内容记不清了，大意是：费迪南德夫妇、孩子一家五口，其时住在客厅，而琴原初的位置，在右侧舒伯特的卧室。我盯着这些黑字，好久才缓过神来，走回卧室，又到客厅，徒手测了测琴的尺寸，再回卧室。

怀疑被证实。琴，加床，已无从下脚。犹如深入作案现场，我狠狠闭上眼：11月的维也纳严冷，一个垂死的年轻人，隔壁一对贫苦的夫妻，三个哭哭闹闹的小孩；室内萧然四壁，一架过大的三角琴，发出异常饱暖的声音：《弦乐五重奏》、《天鹅之歌》、《冬之旅》、最后三首钢琴奏鸣曲……它们见证了舒伯特最后的时光。

多么对啊！七年过去了，那是我唯记得的一念。前些年搬家，新居客厅敞阔些了，一时兴起，买来一对新音响。入夜关灯，便放拉杜·鲁普的舒伯特。周末除外，费城午夜静极了，我又爱把音量调大，声声充耳，竟也不怕邻居投诉。黑屋一间，我一人，突然报复般的快感。

要说音乐有"主体"，在记忆里。每夜重放前夜听过的，熟悉的感动又复来，不断复听，忽然到某天，就无须再听了。记忆会跟着你：有时听到久置未放的碟，我会突生失望，好像被背叛了一样。科学家总爱指证音乐与治愈的关系，我不服——音乐，更是与创伤的关系……记忆，就是创伤呀。

自维也纳一别，许久不再弹舒伯特。直到某傍晚，我一个人在琴房，重拾即兴曲 D. 935。时值春假，母校的窗檐高阔，街上人潮如织；夕阳久久不落，淌在地毯上，琴声绒暖，小调的共鸣轻轻颤动。可有几时，人会在练习时忽然泣下吗？说来难堪：演奏是为感动他人，自己动情，怎不羞耻。维也纳的小屋隐隐在目，门沿嘎吱微响，怕有人进来，我急忙抹泪……

写到这里，天已渐亮。这么多年，记忆中有关舒伯特大大小小的演出，都模糊了，只有这件事，想来如昨。多么对啊：那天傍晚，没有人推门，没有人撞见，我一个人在哭。

摄于 2016 年，我的第一张专辑录音时。 现在回看这些照片，顿觉录音的过程自带一种
性感——只是当时完全不这么觉得

机器复制时代的音乐

现今不再有人质疑：媒介能改变一切。如今早起头一件事，先看手机，生活才算开始。在我出生的 90 年代初，姑且赶上"写信"时代的末流，还没写多少字，数码时代已轰然而至。想想自己 15 岁时的第一部手机，摁八九键才出一个字码，简直远古年代的事了。

　　数年前，施坦威纽约总部的录音师告诉我，他们已将霍洛维茨的录音输入了其电子琴 Spirio 的软件系统内。乐器自动演奏的技术早已不稀奇，只是效果一概粗糙，全无艺术性可言。但那天，在施坦威总部的展览间里，我确凿目击"霍洛维茨"在那架空无一人的琴凳上自行弹着舒曼《梦幻曲》，逼真至此，简直活见鬼。是人的幽灵，还是机器的幽灵？看来，"显身"的神迹已离我们不远了。或许近在咫尺的将来，你便能在自家客厅的钢琴旁，听着千里之外某人在卡内基音乐厅的"现场直播"；甚至坐在自家琴凳上，紧盯眼前飞速舞动的键子，起落间，仿佛你已附身于奏者，或已被他附身。

　　前人显然没那么幸运。肖邦曾告诉他的学生，演奏其玛祖卡时，务必严格按照舞曲三拍子的节奏弹。他总强调：左手（节奏）与右手（旋律）应如树的根与叶。叶自随风摇摆，根则岿然不动。但有一次，一位友人告诉他，在某场音乐会演奏自己的玛祖卡作品 17 之 2 时，他的节奏不仅跃出了原本的三拍子框架，甚至将其中第二拍的时值延长了一倍，从而将整段拉宽成了四拍。对这一反馈，肖邦大为恼火，坚称那绝无可能，并要当即在琴上验证。这次，友人随节奏大声打着拍点——结果，确实是四拍子。铁证在此，肖邦汗颜大笑，继而辩解：他虽然弹了四拍，但应被"听成"延长的三拍。

初读这则逸事，我失笑之余，也不禁同情。两个世纪前肖邦的尴尬，道尽所有当代独奏家的苦衷——这是主、客观之间无法弥合的断裂。无论对友人如何辩解，肖邦自己知道：现实与他自身期望的不符。听者实际听见的，与奏者"以为"它是如何被呈现的，其间不仅存在着盲点，且主观永远无法捕捉这些盲点。画家或作家尽可规避这个问题，能在边创作时，边退身自审：文字、图像不会随过程的进行而消失，于是可检验，可更改，可雕琢。但音乐做不到。表演的即时性，使人只得"投身"而无法"抽离"。这确实是演奏的秘密，一个令演奏家时时痛苦的秘密：聆听自我，成了那最难获得的经验。

在肖邦的时代，只有作为文本的乐谱得以永存。演奏仅在听者脑海中留下一个记忆——一个瞬间的记忆。两者的

204

分野由此明了：乐谱承载绝对的意义，指向永恒；演奏关乎当刻的表达，指向自我。当然，这并非意味着演奏者只顾随性，而无须忠实原作。彼时，忠实旨在"态度"，而非"成果"——成果本就留不住。但也是这个局限，赋予了演奏在前录音时代某种神秘的魅力。在一切声音都无可留存、无可审视的年代，或许连肖邦自己也难分清：哪些瞬间关乎当下感受，哪些又是为了重现文本？对一切旋即而逝之物做出耐久的推敲、重复的审视，非人所能为。除非演奏能够留下来——除非，它可被复制。

* * *

传 19 世纪摄影刚出现时，第一批目睹照片的人都会历经强烈的不适。此即"视差"。虽平日照镜早已熟晓自身相貌，但那终归是肉眼所见的自己。而在相片中，"主观"破裂：人获得的是镜头——那只机器的眼睛——所捕捉到的"我"。人第一次被逼到了他者的处境来审视自身：一个被强迫且陌生的地带。但这"视差"，正是所有演奏者求之不得的——他比任何艺术家都急需"陌生化"。对此，他当然不适——没有哪位演奏者会绝对满意自己的演奏——可一旦面对，他便会当即认同这种不适，并努力靠近那个使其不适的对象：他自己。

　　19世纪末音乐复制术的出现，彻底改变了人与聆听的关系。因可复制，演奏即与乐谱同样恒久了。换言之，演奏自身也成了"文本"。原先关乎"当下"的立场成为不可逆的过去，一种"完美"的意识开始逐渐垄断演奏的主流观念。从第一代录音的钢琴大师科尔托、拉赫玛尼诺夫、弗里德曼、霍夫曼，到20世纪中后叶的波利尼、阿什肯纳齐、内田光子等等钢琴家，我们能清晰地看到这种变化的趋势。起初，这样的演化是式微的：毕竟在留声技术还趋于原始的20世纪初，录音顶多只是现场的粗糙留念。彼时的老一辈演奏家料想不会通过机器去"审核"自己，更免谈通过它去审判其他同行。但随着录音技术的捕捉愈发细腻，留声传播的迅猛普及，某种精确化的审美不知不觉收编了我们的听觉。起初，演奏者通过录音听到了真实的自己；而后，渐渐地，他成了这种"真实"的依附。罗兰·巴特曾在论及摄影时说道："从我觉得正在被人家通过镜头看的那一刻起，就什么都变了：我摆起姿势来，我在瞬间把自己弄成了另一个人，我提前使自己变成了影像。这种变化是积极的：我感到，摄影或者正在创造我这个人，或者使我这个人坏死，全凭它高兴。"

　　巴特的话不也同样适用于音乐吗？现场本不存在统一，听者所在的位置不同，音响声效、聆听体验自有差异，索性无所谓客观了。但麦克风给出了某个"客观",将聆听同化,使人不由地卷入这同化中。录音时,演奏家须兼具三种视角:我想要如何演奏;我实际是如何演奏的;录音又是如何呈现出我的演奏的。麦克风可以"创造这个演奏家",也可以使他"坏死"。此中的纠结与隐衷,只有音乐家自己知道:话筒距离乐器的远近、录音设备的优劣、不同音域的收音、各种播放器的不同效果等等,一切细节都可左右演奏的成果。记得我录制第一张专辑前,临前反复通过手机录音判断自己所弹;直至踏进录音棚,才发现这与先前粗劣的"手机经验"全然无法核对。你甚至开始怀疑那是否是你的诠释,是否是你这个人(或借巴特的话:是否使你"坏死"),但同时你必须冷静面对,因为演奏的道德命令你撇清一切主观,去找寻那个相对可能的客观。

*　*　*

但从来就没有什么客观。有的,毋宁说是演奏家渐渐成了"客体"——他开始从各种角度审视自我。在对每个细节的不断雕琢、不断打磨、不断复制中,原先 19 世纪那个无辜的、不自觉的"我"开始自觉,继而过分自觉。借巴特论及摄影的另一句话:"你感到镜头正在对自己实施外科手术"。

录音间歇。我在想什么呢？

这番比喻，与本雅明对电影的论述同出一辙。本雅明曾将绘画与电影相较，将前者比作古代巫医，后者喻作现代外科：巫医在人体外施法，一如画家面对景物；但电影不同——电影"深入"事实——一如外科医生进入病患体内操作。不同机位的镜头以不同的视角，使人获得凭借自身肉眼无法获得的另一种真实，一种仅属于电影的真实。而这"深入"的手段，不外乎剪辑：一如形形色色的手术刀，将无数分割的镜头／视角系结起来。

录音又何尝不是一种手术？与 20 世纪初，因技术限制、浪漫思潮所共同生成的美学不同，当代审美越发科学化、精密化（仿佛一个错音真如毒瘤一般，能损作品的性命），使其不可能逃避剪辑（"手术"）的命运。进录音棚，红灯一亮（真的，录音过程，同样打红灯），演奏的死活即凭录音师"宰割"。坐在音控室里的人不是你，你更无时间在每遍演奏间隔往返校对，你只能暂时信任录音师的判断——就像手术前，病人不得不信任医生。

信任医生，就是信任技术。录音的"切口"随着精确化的需求逐步细化：原先交响乐团的录音只需两三只话筒，近似我们双耳所能听到的现场，而今时几乎每一组乐手的谱架前都会放置一只。由此带来的变化是惊人的：许多被现场所遮蔽的、听不到的配器细节、隐秘声部都能在录音中被清晰、立体地捕捉到。(多少音乐家从小到大的学习经验，包括我自己，不是依赖唱片，并得益于录音精确的细节捕捉力的？)

同时，录制的"缝合"技术也一并跟进。古尔德曾要求调律师将某几个琴键加倍调亮，以求达到某种声部凸显的奇特效果，而后在录制下一段时，再请调律师将那些键子调回原初的音色。这是现场无论如何也办不到的。真正令古尔德兴奋的，不是演奏中的未知，而是将一切未知尽数"已知化"：将自我置身于无人的世界里，不断录放、试验不同的想法及处理，以敲定最终的拼接方式。某次，他突然发现自己两段版本的速度截然不同，但若拼在一起又会产生奇特的效果，权衡再三，决定照此剪拼。虽严格说来，这样奇特的"成果"非人，而是机器所为，但撇开此中的道德命题不谈，有多少演奏家能拒绝这样的诱惑？录音已不再是对演奏的复制——它俨然成为创造本身。

*　　*　　*

与现场体验的"整体感"相反，录音凸显、暴露了一切局部。它以手术刀般的专注与无情，深深切开了音乐的"原作"。常听画家谈起印刷品与原作的差距，我也深有体会：数年前我在多伦多安大略美术馆的展厅内，面对凡·高"星夜"

系列中的某一幅目瞪口呆，那是印刷品所无法复制的震撼。借本雅明的修辞，那是原作的"光韵"。这光韵一方面来自其"作"自身，但另一面，也许是更为关键的，来自你与它共享的那个时空：即时、即地。你只在那个瞬间、那个场所才遭遇它，而后它逃逸，仅留你的记忆捕获其光韵的末端……

　　但音乐，其实不存在"原作"。哪怕作曲家的手稿，也常在不同出版商手里存有不同版本，各自的细节标注均有所异。讽刺的是，最接近原作特质的，反倒是秉持"忠实原作"的现场演奏：只有现场存在特定的时间、空间，特定的"光韵"。而这一切，都在录音中行将消解："时间"不再独一(不仅演奏可剪辑、可拼接；聆听也可倒带、暂停、快进、重播)，"空间"也随之消隐——作为听者，你可以身处任何地点，音响的另一端则无所谓地点。即使在视频中，你也得以在自身所处之地，通过屏幕进入"彼端"——那个音乐发生的原场所——借由镜头特写直击演奏者的面部表情、神志状态、举手投足，再通过镜头的远近切换把握现场各方细节。这赋予了视频录播以某种特有的"事件感"。然而在唱片中，无论纽约卡内基，还是柏林爱乐大厅，都与你的聆听无关。音响似乎具有某种"空间感"，但那并非空间本身——你没有"在"那里，也无法像看视频那样，一睹事件的发生。

　　听者如此，演奏者呢？台上再孤独，演出毕竟存在"对象"：为场合本身、为某个具体的人、为热切的公众、为深爱的作曲家，凡此种种，各含温度与激情……而录音时，"对象"不在了。那是一个绝对内部的空间：琴三尺外，几只麦克风猫眼般不动，窥视着空无人迹的一幕。红灯亮起，无数声波与数码的神秘转换便即开始——现在，是音乐孤独了。

在谈及影像与死亡的关系时，巴特写道："越出镜框，就是绝对地死了。"这让我想起音乐。在现场，演奏作为空间的一部分，向其余部分（环境、他人等等）敞开。而那些部分，同样也是演奏的一部分，同样构成了演奏的生命力。但在机器的世界里，声响之外，是绝对的"无"。听者面对的，是绝对黑暗中的意义流动，是一段段剥离了观赏经验、演奏事实的音乐，一份份剔除了"事件"的纯文本。也就是在这个意义上，录音远比现场更为饱满、雄辩地呈现了音乐的抽象。

* * *

什么是抽象？想来"媒介"，不过是些物质。越趋现代，艺术中"物"的成分越凸显：在现代诗歌中，读者越发依赖词自身的"质感"以触及诗境，而非通过传统的格律、语言的美感；在塞尚或凡·高的画中，先是笔触和色块的物质感，再及结构之美；在杜尚那里，观者借由小便池想到"喷泉"；

到装置艺术，物索性"站"了起来……但更无哪类形式，如摄影、电影那样，时刻照见美学与物质的绝对关系。人通过使用镜头、快门、胶卷的快感进入摄影——布列松有言："从事摄影的人只是摄影的工具。"而人对电影的百年情结，更是对电影院的情结：脱离荧幕、放映机、暗室所带给人的物质体验，Film（"胶片"）的魅力又将何在？艺术的魔性，因其不自知于媒介，又时时体现为媒介：一次次快门、一组组镜头、一笔笔涂抹；音乐也无非这样：一个一个音奏下去。说到底，钢琴，就是键槌撞击的变幻，大提琴，无非木箱振动的共鸣……

但录音不同。第一次进录音棚，我看着满屋的处理器、调音板、功放系统，已然迷失：声音轰然响起，但似乎并不来自它们，而是另一个世界——一个缺席了物质的世界。这些密密麻麻的器械，可以是任何东西，但绝不是制造声音的"工具"。相反，它们是在抹杀，抹杀声音的器具性（或"杂质"——以录音的立场来说），仅留给听者一片过于洁净的抽象之境。"媒介"，在这门电子技术的绝对精密中，消失了。这是它与摄影、电影的最大不同。电影中，你时刻意识到镜头的存在；但播放任意一张唱片，你绝少意识到话筒的位置。任何一位录音师都会告诉你：若有意识，则是录制的失败。想来颇有深意，镜头永远是观看的一部分，但话筒却时刻隐匿自身。有位录音师曾告诉我："声音的来源，必须是神秘的……"

我想，说音乐"抽象"，在高的意义上，是指它不满于媒介——巨大的不满。自有音乐起，它便试图超脱于媒介，超脱于"即时、即地"，超脱于历史。同一件作品世世代代演奏、不同场合演奏、不同乐器改编演奏，都在一同宣示着这一不满。但只在机器的复制中，音乐果真逃逸出"即时、即地"，彻彻底底自由了。巴特论及摄影的怀旧性，用到"此曾在"一词；桑塔格说过相似的意思："拍照就是参与另一个人（或物）的必死性、脆弱性……"

但音乐似乎没有这个问题。音乐自有其时间，也善于舞弄时间。无论怎样剪辑拼接，如何暂停快进，一旦按下播放键，它旋即进入自身的生命，并霸占外部的时间。相较影像的"此曾在"，音乐时刻"此在"——这是复制技术不仅不会削弱，反却强化的一面。此在的记忆、此在的期冀、此在的"死"。数十年前录下的瞬息，此刻翩然复活，且音质越纯净，越"抽象"，越超其然于"历史"……

当然，我也无意将这种抽象性绝对化。录音的许多问题，仍不无暧昧。例如古尔德录音中随处出现的跟唱，卡萨尔斯老年录音中突兀的哼吟……这些历史的"杂质"，因唱片放大局部的能力，使之远比在现场以及视频中更暴露。然而它们并未损伤，反之增添了演奏的魅力。这魅力，究竟源自我们对演奏者已存的敬意，抑或它们早已化作音乐的符号（毕竟我们只闻其声，未见其形）扩大了我们想象的边界？——在隐去了空间的维度里，"人"与"琴"的分野还重要吗？

这些问题，且看作留给听者的余地吧。想来唯一确定的，还是那句话：媒介能改变一切。随着科技自身的发展，也许音乐的复制会在久远的未来，带给我们更多的解答、更深的困惑。此刻谈未来，我脑中一片空白，仅想到一个现成的例子——

1977 年，美国旅行者 1 号、2 号探测器相继升空，各自载着一盘特殊的音碟。碟中录下了 55 种各国语言的问候、诸地风景、各族人脸的图像信息。这是人类第一次向可能存在的外星文明释放信号，也是唯一一次。又怎能忘了艺术？于是附上巴赫的序曲与赋格（古尔德版）、莫扎特的咏叹调、贝多芬的弦乐四重奏、斯特拉文斯基的交响乐、数首经典流行与民俗歌曲……

在外太空，一切都变得抽象了，包括最具象的表情、问语。如果当真有外星人截获，不知会怎样看待这两张唱片中的内容？是否面对人类的面相、言语，犹像我们面对自己科幻片中的外星人一样，甚觉畸异丑陋？暗自庆幸：好在还有音乐——好在，是录音。如果是配上现场视频，看着指挥家手舞足蹈，钢琴家俯身琴面、拱背自语，该多怪异……

是我的私见吗？在外太空，相比影像、文字，那些音符显得那么适宜。绝对黑暗，绝对自在。20世纪初，兰多夫斯卡曾说："演奏《哥德堡变奏曲》时，仿佛地球上仅我一人……"两年前，适闻旅行者1号、2号刚刚驶离太阳系——四十多年的旅途。现在它们真的孤独了。我脑中晃过叔本华的那句话："即便从未有人类，宇宙中，也会有音乐。"

喂，外星人，你们在哪里？

摄于上海交响乐团音乐厅，终场谢幕时。掌声响起，钢琴沉默，最后一次等我上台

就此一别

从化妆间到台侧的那几步路，好像从未进入过记忆。恍然间我已站在台口。钟声响了，叩门似的：那是过于礼貌的声音，近乎抽象，与自己的心跳格格不入。不知过了多久（也许只数秒），场灯缓缓暗下——

儿时坐在观众中，我总会被这一瞬迷住。聚光灯还未亮起，台上台下俱皆漆黑。人群静下来，我屏息等候，为某种莫名的威严触动：那是舞台尚未显现自身的一刻。如猛兽屈身，它静待自己的猎物出场。有时沉默比音乐更迷人：谁曾经如幼年的我，盼着这一瞬再久一些？骤尔，聚光灯亮起——

场务人员手把着门。从后台窗口，我看着那尊数十米外的钢琴，灯光贪婪地压在它身上。几小时前，我才刚认识它。门旋即大开，掌声响起，恍然间，我已坐在琴前……麻木又尖锐的一刻。我深吸一口气，不再想什么：音乐一旦开始，我自会进入另一个时间。

现在我坐在电脑前，以另一个维度、另一种角色，试图描述这"另一个"。奇怪，太具体的经验，其实是抽象的；它们深深刻入思维、灵智、肌肉、脉搏，早已超越了所谓"具体"。舞台，我向来想写，只因这几十年如一日的惯性，总想跳出来瞧瞧自己——这是在台上唯独做不到的呀。

*　　*　　*

写，又能做到？此刻下笔，我首先想到的，竟是他人的隐私。舞台是围观的盛宴，包括被围观者的隐私——尤其是隐私。即便是我，也向来对同行、前辈的八卦旁闻万分好奇。某经纪公司的老总曾告诉我，拉杜·鲁普演出前经常太过紧张，临场需要旁人从身后推一把，才肯迈步；米凯兰杰利唯一一次东京巡演，观众入场前突然取消了演出，只称"练琴练累了"；数年前，纽约时报有文：老年里赫特每逢独奏，必带一只龙虾出现在剧院，否则没法上台（至今没人知道那龙虾的身份，该不是宠物吧？）；而没有宠物、孤身一人的古尔德，晚年随处拎着一箱神秘的药盒……

诸如此类的事迹，我每次听都觉得好玩。一面觉得匪夷所思，另一面，又与之天然的共情。但无论怎样，这些二手、三手的旁门逸事确实给了我另一个维度。每每点开视频，看着那些传奇演奏家们信步上台，旁若无人，率性而奏，我已不会再天真：有些真相，只属于台上那一个人。

且真相，并不等同于答案。演奏的命题终归是舞台的命题——那是毕生的追问。哪怕身经百役，聚光灯一亮，一切重归于未知。我所指的，不仅仅是紧张："紧张"，过于表面，从未触及表演的深层。医生手术，士兵开打，学生临考，都各有各的紧张，但仍旧不同于舞台……

我所要谈的，涉及"初心"。平日练琴虽不免枯燥，但分析、思考、试验、处理，苦中作乐，究竟是自由的。眼看自己进步，总能激起志趣；时而为亲友表演，算作亲密的分享，也合志趣：志趣，自然而然。但聚光灯的严酷却偏偏要打破这一切，逼人至自觉的极限——身在围观的中心，却畅若入无人之境，哪是"自然""志趣"所能为？上述老一辈大师的八卦自不必说，我就听到不少久经沙场的前辈亲口告诉我：他们已然倦于上台。旧时论及表演，有道是"艺高人胆大"。真那么简单吗？

有时我也好奇：几世纪前的人上台演奏，是怎样的心境？毕竟我们所知的"音乐会"，连同其一切配制（巨型的音乐厅、超量的演出日程、高度的商业化等等），都是相当晚近的现象。原先巴赫、斯卡拉蒂、海顿、莫扎特乃至贝多芬的独奏作品，均属于"家庭音乐"（Hausmusik），旨在为独奏家个人陶冶，或为亲友分享。即便体量超大的贝氏32首奏鸣曲，在他生前也仅公演过两首。音乐与场合的关系，如身与衣：尺寸愈"贴身"，氛围愈亲密，演奏与聆听之间的共鸣愈是舒适……

是 19 世纪的演奏观改变了这一切。伴随独立音乐厅的兴起，音乐逐渐脱离教会和宫廷，走向公共 —— 场合的空间不断增大、容纳的人数不断增多，作曲家的神化，个人主义的抬头，"明星"现象的兴起……这一切的一切，造就了一个全新的、由矛盾构成的现场。一面，演奏者更需忠实地献身于作品，但另一面，又不免沉醉于自身的光环 —— 大众迢迢而来，究竟为膜拜伟大的作品，还是为一睹演奏家本人的风采？身在聚光的中心，面对陌生的凝视，异时异地、一场又一场，重复同样的乐曲，数十年如一日站在那里，究竟为了什么？自身的功名、对音乐的信仰、职业的使命感，还是其他？演奏者心中得有一个答案，并持久地信守这个答案。这相信、这坚守，才是舞台的真相：自发、志趣之外，它真正索要的，是某种额外的东西。

舞台索要某种激情。某种幻觉状的激情。但它同时真实：演奏者清醒于自身的角色与义务 —— 舞台，本就是营造幻觉的场所。不然，要舞台做什么？

* * *

人欣赏艺术，通过媒介，但当人诠释音乐，自身就是"媒介"。舞台演奏所需的各类激情中，最不可或缺的，莫过于对作曲家的激情。这是一个"作者性"的问题：任何一位演奏者，都绕不开那位作者对他的个人意义。两者关系之纠葛，较之艺术本身，更关乎舞台。

有哪位演奏家，不曾抱怨过常年演奏同一位作曲家的厌烦？重复的投入何其耗费精力、燃烧心智；演奏者交付自身为作者延续永生，只望在灵感殆尽的危机时，借作者的伟大以拯救自己。鲁宾斯坦曾这样表述："你（演奏者）绝不该触碰任何不属于你的，不对你说话的作品……你必须能直接建立对作曲家的爱。"席夫说起何以近年转向勃拉姆斯，则给出自己的缘由："那是我小时候喜欢上的第一位作曲家。长大后渐渐疏远。现在老了，又有了童年的情怀。"

我喜欢他平实的说法——人对另一人的情结，终归是人和自己的心结。终其一生，奏者都在遭遇作者的途中，以此找寻坚守舞台的理由，抑或，告别的契机。并非巧合，20世纪最富传奇色彩的两位巴赫诠释大师，图雷克与古尔德，均于自己生涯的中后期渐远于舞台。图雷克转向教学，古尔德则隐身钻进录音棚……说来还得感谢现代科技：是录音棚，提供了现场之外的另一渠道。面对精微、复杂的巴洛克作品，许多在大空间模糊的细节，尽可凸显于唱片——这是录音技术之于古尔德的首要条件。

终归，大舞台的光华、荣耀，是浪漫主义的遗产。它与古典音乐的历史，与19世纪的文化精神不可分割。将一切置于神坛之上——那个自贝多芬以来，缅怀、追溯过往，那个大空间的、罗曼蒂克的传统——所有这些，成就了我们所知的"古典音乐"，及其赫赫彪炳的演奏史。前人怀旧，今人复怀前人的旧。英国有学者（忘了名字）论及古典音乐的乡愁性，说得好——"听：在我之前，这里有人来过。"而我的怀旧，只因怀不了多久了：随着科技传播、票房萎靡，那份大舞台所要求，并保有的旧时代激情，那个由现场、演奏者、观众共同构建的大场域的激情，势必会缓缓衰退。[*]

* * *

新冠肺炎疫情以来，许多人开始在自家客厅，或某个独

---

[*] 而崇尚古风的"本真派"在当代的崛起及繁盛，也同样受惠于新技术的普及（其风格美学的特质，往往最突显于唱片中）。这是两个时代交叠的幻觉："本真演奏"试图还原18世纪的原生语境，同时，突显了新技术时代的审美。

19 世纪的听众是怎样的？平日在台上，我看不见静静聆听时的人群。某场音乐会时，坐在观众席中，我拍下了这一瞬。突然感动：似乎，人类竟没有变过

处的空间，线上直播自己的演奏。有人问我，较之舞台，二者究竟有何不同？或曰：不过是观众自线下转为线上，对演奏者来说，体验应大致相同……这倒又点醒了我：线上匮乏的，正是现场充盈的激情。

在我看，观众一旦不在场，观看、聆听的性质便不再纯粹。在场，即"暴露"：它渗透一切演奏细节，包括细微的心理。台上，音乐行进过程中哪怕一丝的分神，演奏者心底都会掠过一瞬间的惊怵，甚至愧意。这无关理智，而是下意识的一念：他们觉察了吗？似乎"群众的眼睛"真是雪亮的，似乎真能洞见你哪怕一丝一毫的异样。

线上则是截然不同的处境。屏幕是联结不同空间的渠道，同时又是某种隔离。即便演奏分神、失误，又怎样？在你身处的空间，观众是缺席的。想来有深意：置身他人的凝视下，尤其长久、专注的凝视，人会不自觉地起"羞耻心"——线上所遮蔽的，正是这道羞耻心。

同时，现场的凝视，也早已从千百道观众的目光，化为舞台自身的凝视。独奏家想必深有体会：演出前在音乐厅练琴的感受，绝不同于自家琴房。此非空间大小的不同，而是，即便厅内空无一人，你依旧感到自己在被什么注视着。那正是舞台的"眼睛"。它在何方？环顾四周：头顶严酷的光照，台下密集的空椅，远处的某个角落……抑或，某道历史的目光？（想来越是历史悠久而负盛名的音乐厅，越富传奇的记忆：在巴赫墓碑所在的教堂演奏，怎可能忽略巴赫的"凝视"……）抑或这一切，只是我的幻觉？——当然，台上的一切，都是幻觉。

唯一的现实，在化妆间。旁人来看，独奏家似乎都乐于终场后的应酬，以挥霍演奏余留的兴奋。但我最享受的，还是在化妆间独处的时光。那是极度的反差：从台上走回化妆间的数十秒，聚光的记忆、掌声的回响依旧未尽，时间立刻慢了下来。也许只有几分钟（门外有人等），你快速踱着步子，脑中回放着演奏的片段，脱下演出服，一头栽进沙发。刚才还在琴前正襟危坐，此时却半裸着身子，像条累坏的狗。门外传来经纪人的催促：有人要见你。你漫应着，不理会，恣意享受这片刻的特权……好比孤独的两极——在台上，你领受众人的聚焦，唯独自己看不见自己；此刻，谁都看不到你。

化妆间设镜子，原来是这样。我走上前，瞧瞧自己的脸：这就是我唉……观众片刻前瞧见的，是这个我吗？

* * *

化妆间的经验，外人难以获知。同行、前辈演出前后的真实状态，我无法想象，便是纪录片获准拍摄，也多有设计，难辨真假。唯独印象深刻的，是一段阿格里奇在日本巡演的后台影像。

那是开演前的片刻，只见她在化妆间照镜、踱步、皱眉，愁闷着脸，时有嘟囔："我感觉不好，不好。"时间到，镜头紧跟她出化妆间，拐向舞台台侧。外厅人声嘈杂，台口一片漆黑，她立定，突然转身，面对无情对准的镜头，再次哭丧："我真的不想弹了。真的感觉不好。"间或，钟声响了。她转身，微微颔首，迈开步子，风一阵走了出去。还是那套惯常的步骤：掌声响起，她扶琴、鞠躬、坐定，稍刻，咚咚咚开始了……整段影像不过几分钟，我心一直揪着——阿格里奇时有突然取消音乐会的行为，但毕竟，从未在临上场前。

前文谈到的"激情"，涉及不同层面：作者、作品、个人荣誉乃至野心，都可燃起激情，可为舞台所取。但我另有隐衷，不知该如何表述……其实，前述种种之下，还蛰伏着另一种，更为残酷的一种：舞台自身的激情。即当你在某一刻，对作品、作者、自我等等都了无兴致时，灯光一起，一上台，你必须升起激情。那是绝对强迫的暴力，只是它藏于深处，常不为奏者所察——通常，舞台提供幻觉、包容幻觉：爱、信仰、荣耀……但随着职业生涯之旷日持久，演奏生命的经年累月，这一切都会有破灭的一刻。曾闻某大钢琴家谈及自己演奏某首协奏曲时，当天状态不佳，曲目也非其所爱，音乐行进过半，忽而他脑中闪过一念：What am I doing here?

这是万分真实的感受。我记起齐泽克在论述精神分析时，谈及另一种相似的情境——两性过程中，时有男性会忽然分神："我这是在干什么？重复着这些动作？"

我想，这就是人的伟大。这种突然的抽离，可借拉康的那句名言："不存在真正的性关系。"即性的行为、激情，均为人类的心理幻象；凭这幻象，人超越物种繁衍的本能摆布，超越交配与发情。但拉康的话也同样指向其反面：任何幻象都有恍然破灭的一刻。那一刻，荒谬显现了——在齐泽克的案例中，人的智力，发现自己竟跌落至动物的困顿。而这与那位钢琴家的荒谬感受又有何异："我在干什么？"并非演奏的沦陷，而是人类反思力纵深一跃的伟大瞬间。往日的激情无法维系了——仅一瞬，人窥破天机——他洞见了舞台的真相。

性过程中途，停下无妨（电影、文学乐于描述此类细节），但演奏不行。如若上台果真是为了自己，为自发的爱、信仰、分享欲，那么在以上这些逐个破灭之际，正是音乐该停下的时刻。但那一刻所暴露的，恰恰相反，是演奏必须继续的事实。舞台的隐喻性暴力在那一刹那现身：不许停下！这命令夹带不容抗拒的激情，如受天谴，奏者加倍地挥汗如雨、若无其事地弹下去……十多年前，我还是一个天真的理想主义少年，也深信舞台的使命源自不容妥协的真诚，深信一切源自爱。"Be Inspired！"（被感动吧！）某场临演前，80多岁的普莱斯勒曾这样对我说。我知道，此话意指舞台的感召，意指它与艺术、与信仰的绝对关系。十多年，我无时无刻不念及这两个词。但逾千场的演奏，舞台以另一个维度有教于我：人都有遗失了爱，乃至不爱的时刻。但彼时你依然置身聚光的中心，诚恳默守与现场的契约，遵从它无上的命令。那些时刻自有其代价，但你也绝非无所得。你突然明白，有时演奏不是为自己，也不是为观众。它就是为舞台，为这个存在本身。

那是残酷又动人的一念。你突然意识到，在某个意义上，舞台是大于音乐，甚至，大于艺术的。

* * *

有时，舞台会让我想到竞技场。

演奏家总好奇于音乐与别类艺术的关系，却出于种种隐衷，鲜有谈及它与体育的亲缘。作为一门表演艺术，音乐始终受困于"比赛"的现实——可有多少国际权威的小说、绘画、摄影大赛,且皆热衷于淘汰制、排名制?观看大型体育赛事,我总有莫名的感慨与共情:体育人格,就是舞台人格。英文论及竞技体育,有称"Spectator Sport",即"观众运动"。没有比这更到位的定义了——那么,演奏呢?

粗略想来,两者的"共性",至少有三点。一,强制的纪律性:且都从孩童开始训练,严重依赖"童子功"。二,强制的道德感:于演奏,舞台的命令高于一切。体育更如是——球队、民族、国家的荣誉,均加诸场上。三,强大的肾上腺素:从主角到观众,欢呼与掌声、投入与狂热……

我不知运动员是否"热爱"他们的专业——一个举重选手,果真"热爱"举重吗?那是怎样的热爱?每每成功完成一个动作,那样的宣泄、狂吼,此中所迸发的激情,我想,早已超越了所谓"爱"。究其因,国家荣誉、民族自豪、体育精神云云,但我想最深处的,还是赛场本身,舞台本身,是"集体观看"所天然驱动的原力。漫漫历史中,究竟是人对艺术的膜拜,还是对舞台的崇拜更久远?小时候看电影《角斗士》,众目睽睽下,一人把另一人杀死了,脸上溅满了对方的血,野兽状的咆哮……

这是古老的激情。作为古罗马的主流娱乐,角斗就是表演与竞技的极端结合。称它为表演艺术毫不为过——角斗场何止杀戮，更关乎"舞美"；每每大战凯旋，罗马人便要在那里复原战事盛况。兵马喧腾，人畜鼎沸，全离不开"编剧"的牵引——那就是一出出宏大叙事的剧目。当然，借角斗比拟表演，未免片面，那毕竟是两千年前的野蛮娱乐，是文明史的远古记忆。但我想说：或许，那才是最最赤裸的舞台。它将"围观"的残酷性肆意推向极限。想来围观的传统，何其悠久：直到一个世纪以前，无论东西方，死刑仍是当众执行……人性的根处有一种残酷性，伴随现代化的历史演进，它渐渐被隐蔽了。但隐蔽，不是消亡：当代舞台依旧蛰伏着角斗的幽灵。在一切高难度表演的背后，人性的围观本质，仍未改变。

围观源自人的好奇。好奇他人面对可能的险局或绝境，是退却还是克服——怎样克服？因而不难理解，19世纪独奏家群体的崛起，迅速带动了演奏技巧的艰难化……有人会质疑：巴洛克触技曲、古典奏鸣曲，同样具有艰难的技巧，同样给演奏者带来艰巨的挑战。确实，技巧有不同层面的"难"。但某种根本的差异依然存在：19世纪前的技巧，尤其巴洛克的技巧，往往是"私人性"的，其艰深多限于行家及专业人士，有时只有演奏者自己知道。但19世纪后的技巧，旨在将自身的艰险性全盘"示众"。此中介入了极大的视觉成分：钢琴作品自浪漫派以来的密集八度、大范围换手、连续双音，其刺激性在唱片中未必显明，在现场则大为不同。观者尽可领略奏者挥汗的劳动、炫目的姿态、极限的手速，由之获得剧烈的快感。道高一尺，魔高一丈——技巧的巨厦欲求突破的，正是竞技激情的高度。

* * *

多年前，在哲学家桑德尔的讲座中，我读到一番亚里士多德以长笛为题的论述。亚里士多德发问：假设有一把最好的长笛，谁最适合拥有它？譬如，授之能出以天价的富豪，赐予倾城倾国的美男子，献于无上的君王，交给最好的长笛独奏家……

答案过于简单。台下众口齐声：给长笛独奏家。桑德尔遂问为何，众人答：这样，我们才能听到最美的音乐。桑德尔笑了：这并非亚里士多德的理由。亚里士多德的解答不甚奇特：长笛应属最好的长笛家，因为，"这就是长笛的目的"。

此中大有文章。众人的理由，全部来自自身的视角：好的音乐能使人获得享受，为公共创造更高的福祉。这是普遍的功利主义立场——功利，旨在幸福利益的最大化。音乐在此，是谋取幸福的工具。

亚里士多德的缘由，出自另一极。他从不是一个功利

主义者。他的解答无关福祉，无关听众的利益，只牢牢抓住
"演奏"这件事本身——之所以有长笛，就在于被优异地演
奏。这就是它的"目的"。

　　亚里士多德的诸多观念，皆可溯源至他的目的论。譬如
他说，每项工作只该由最适合它的角色扮演，甚至进而为奴
隶制辩护，认为以完成劳动为目的，世间总须有"适合"干
苦力的角色。自启蒙运动以来，目的论观念中的种种局限，
早已不言自明。亚里士多德以"事"为目的的立场，剥夺的
正是"人"在其中的自主及自由。这涉及最简单、最深处的
发问：我能够做好一件事（譬如，做奴隶），但我不愿意，不
行吗？

　　"不行吗"——在表演领域，这确实是个棘手的问题。想
想无数琴童的成长之路，谁没饱受过"事比人大"的观念胁
迫。从家长到教师，总会在孩子欲求逃脱的当刻，拔出致命
的道义武器："别浪费上天给你的才赋！""这么一块好料，
怎能轻言放弃……"（汉字的"才"，往往通"材"……）以
我的偏见，强调才华之重要、视才华高于兴趣的观念，正是
目的论的意识作祟。写作、绘画、摄影等创造类艺术，从未
像音乐、舞蹈等表演艺术这般重视才华、迷恋才华、苛求才
华。才——或曰"条件"——涵盖表演自身对专业技巧、心

234

理、智性各层面的挑剔。而这些挑剔，终归于那个必须在既定时间内完成艺术的神圣场所……

那么，让一切回到舞台。我愿试着说：这个古老的形式，仍未摆脱、也不可能摆脱亚里士多德两千多年前圈定的范畴。舞台，正是以"事"为目的的场所。台下，表演者个个是自主之人，可一旦上场，事不由人，事大于人，演奏必须"自动"进行下去。遑论状态不佳，便是断在台上，人也必须全力以赴奏完剩余的部分。所谓"车祸现场"，有甚于车祸——能否想象事故过后，司机仍驾驶着残败不堪的车，只为抵达预定的目的地……这对当事人是何等残酷的体验，见证过此类现场的观者或许能够体会。某件事有它自身的目的，当事人也无法违背这个目的——真的是这样：此刻舞台的意志，大于你个人的意志，大于一切。

*　*　*

扯了这么多，似乎说了不少"坏话"。其实我也在困惑中。与舞台共处二十余年，我早已过了说它好话的阶段。但我深知自己的幸运：从小目睹他人与舞台交集的"惨遇"，听闻同辈、前辈演奏经验的坎坷抑郁，我总暗暗庆幸，自己的际遇异常顺利。

但顺利的代价，我知道——那是舞台从未亏待过我。演奏是一辈子的事，这"一辈子"，早就开始了。始自儿时，现场经验早已深嵌我的人格，哪是几句爱恨所能道尽。聚光灯下千百种不同的心绪，都是迈向自己的小小一步，迈向自己的勇敢、脆弱、真诚、虚荣……而后将这一切，藏进终场的化妆间里：暗暗鄙夷自己、钦佩自己，偷偷骄傲、愧疚。此刻我大谈舞台，也许是虚妄的。至今我仍看不清自己，更不敢自信了解了音乐。每次上台，一切重归起点；是现场在不断提醒我：在音乐面前，我还是一个孩子。

记得去年国内独奏会巡演过半，也许是路途劳累，竟突发肠胃病，休养数日也不见好转，不得不延期、取消数场。这样的情况从未有过；疲乏、腹痛，加之种种日程的不确定，突然击碎了自己坚持的动力。那时所想，已非仅仅取消因病延期的几场，而是取消整个巡演的后半程。似乎非常肯定，凭自己当时的状态，即便病情顺利康复，也无力、无心再演了。

那几天，眼前不断闪过一组记忆。那是我 2017 年的亚洲独奏会巡演，为时 29 天连演 18 场，最后一场结束后，回酒店与好友畅聊，我疲累交加，仍兴致未已："没演够，再给我几场吧……"那时的自己，现在哪儿去了？我一阵怅然。

商定决策的当晚，再与亲友通话，我兀自倾诉，他们只得宽慰：别想其他，听从自己的内心……

当夜，自己 31 岁生日。祝福的短信频频送到。我告诉经纪人：明天通知演出方，其余的场次一概取消吧。那晚是怎样的状态，不甚清晰，只记得自己很早便沉沉睡去。

第二天清晨，不知为什么，我突然惊醒（其时未做梦），心狂跳不止，匆匆拨给经纪人：余下几场，档期能延的，尽量全演。那一刻冲动背后的动机是什么，我也不清楚——抑或不愿自己的努力白费，抑或想得到更多的掌声，抑或不愿让乐迷失望……这些，是所谓"内心"吗？

但决定做下，到底轻松了。此后的状况似也好转：一周后，我的病情顺利康复，心情也逐步豁然。

谁知好景不长。第二轮续演的前两天，此前的烦闷、滞郁突然回归，一想到之后的巡演，瞬间焦虑、心慌。夜里躺在床上，我百般困惑：此前的消极是因病痛而起，现在既已康复，为何反而更糟？

但我知道没有退路，延期通知不可能收回。临行前的下午，我在家中练着舒伯特奏鸣曲 D894，忽而闪过一念：自己 31 岁了。在这个年纪，舒伯特就要死了。我一怔，手指还在弹着，另一念已经跟进：死前几个月，他获得了公演自己作品的机会。那是他第一次，也是唯一一次上台。

我突然下泪（是为舒伯特吗？），内心涌起强烈的冲动：我想上台。同时明白，好像第一次明白似的：上台不是为了我自己。这念头似曾相识，似乎出现过，应该出现过的。但为什么那天下午，它这样明确——是的，那不是为了我自己。同时我知道，它也不是为了观众。

因为观众想要什么，我不可能知道。而我想要的，又是什么？什么才能让自己快乐？我恍然念及，无论自己积极、消极、想演、不演，都离不开"快乐"的命题……

4岁那年，记忆中天下着雨。我胆战心惊，望着一屋子的陌生人。那是启蒙老师的班级大课，是我第一次当众表演。轮到自己了，我使劲蜷在沙发靠背上，不肯起身；妈妈拽我上琴凳，我逃下，再抱上去，又下来。轮番几次，妈妈打我了，当着所有家长和孩子的面。

我哭了。这是双倍的羞辱。选择只在一瞬间：弹，不弹？其实没有选择。带着满腔怨怒，我走到琴边，边啜泣边开始了。

不记得怎么一来，我不哭了。弹完一曲，接着第二曲。结束，掌声响起。忽而我高兴起来，转向妈妈："我还想再弹。"

"下来，轮到别人了。"

我遑急："还要弹！"众人哄笑……

妈妈总会说起这件事，带着母亲才会有的骄傲。我暗暗在旁听着，久而久之也加深了记忆。光阴荏苒，我几乎忘了：那是舞台给我的第一堂课。课的主题，关乎暴力、羞辱、眼泪，当然，还有快乐。

窗外，天大晴，舒伯特的旋律悠然继续。齐泽克的一句话晃过脑海："你真正想要的，并非你以为你想要的。"是啊，一周前已决定取消，以为在家休养，便可安于快乐。也许第二天想演的冲动，真的是自己内心——其实我知道，即便取消，我也不会快乐的。

我好像明白舞台要教给我什么了。也许，快乐时时都在——在终场、在一曲某时、在某个莫名的瞬间……但无论如何，我抓不住它：台上的一切我都抓不住。脚下光溜，头顶炙烈，我一无所有，汗如火燎——这番形容，近乎地狱——但地狱不存在，一如"我想要什么"，其实是一个伪命题。接下来的一个月，每到临上场的最后一刻，看着那扇尚未开启的舞台门，我仍在告诉自己：之后的一切，都不是为了我自己。

最后一场演完，回到休息室，我一头钻进洗手间，把门一锁，突然大哭。回想起来，自己另有为数不多的几次，在终场后的化妆间里，趁没人，突然地哭，旋即忍住，整装，面无其事去应酬、签售。流泪的经验总是神秘的。或为台上的某瞬间触动，内心还未平复；或心有倦厌，但演奏强迫你不想其他，掐断自身的反抗，直到曲终，你又重获感动……终归，舞台不会抛弃站在那里的人。"为什么要爬山？"有人曾问某位登山运动员。"因为山在那里。"

因为，舞台在那里。在那里，你才真正占有一首作品，那里，你才把自己献给了它。你所付出的每一分，也成为它要付出的代价。记得多年前，我读到钢琴家佩拉西亚的一句话：只在台上你才会明白，一首作品对你意味着什么，音乐对你意味着什么。

* * *

写到这里，是该结尾了。其实说了这么多，突然有些后怕，总觉自己犯了禁忌。舞台何其深广，我还太年轻。这区区体会该沉淀下来，放在以后讲的。

更进一步，音乐诸事，自有音乐来说，何须言辞。我自是用音乐说话的人，也不知为何要这样扒在电脑前，面对密密麻麻的黑格，留几米外的钢琴空置着。音乐与沉默的对立，一如水的动与静，一页页写下来，我也有所悟：或许，从不离音符的自己，贪婪于这沉默。从乐谱到作曲家，沉默中，这些闪烁的对象，渐渐清晰起来。写作呢？写作是那面镜子——我指的，是那镜面般的水。

但舞台，写不写、怎样写，犹令我犯难：它直指演奏，直指我自己。而自己的私事、私心，从来是诱惑，也是泥潭。其实，人没法瞧见自己，我明白的。这才是写作的处境——镜中的那个人，依旧孤身在台上。

最后一件事，不妨再啰唆几句。从小到大，演出的万般细节鲜有重复，唯一趋同的，是终场最后一次谢幕、鞠躬的经验。鞠躬这行为，从来感动我。据我想象（没考察过），演奏者最末一次鞠躬的角度，较之前几次，都会更深一些。

在我看，终场的鞠躬，并非意在致谢观众。因为深深弯腰的那一刻，我其实没在看任何人。谁能察见我的神情是什么，心绪又是什么？其实，我只是直勾勾盯着舞台的地板——那是我演奏过程中唯一一次，诚诚恳恳与它打了个照面。

文章写到最后一句，总是最安静的一刻。这让我怀念舞台：台上，掌声震耳。我深深地鞠下去，良久。那一刻的心境，该怎样形容呢？也许就是那四个字吧："就此一别"。

访谈

天生喜欢复杂感

节选于《星访谈 | 钢琴家张昊辰 : 天生喜欢复杂感》
原载于微信公众号"星海音乐厅"

访谈时间 : 2019 年 10 月
访谈者 : 梁韵琪

在过往访谈中，你不时谈及"孤独"，年少早慧及内省性情是否造就了独特的童年经历？

某种程度上，钢琴本就是一件孤独的乐器，我练琴是一个人练的，在外演出也几乎都是一个人。对我来说，钢琴承载了一个朋友的角色。

我自小是一个比较好奇的人，钢琴能够满足我的好奇心。"内向"与"好奇"看似对立——提到"好奇"，人总会想到"外向"。但在我看来，它和"内向"或许更有关联。好奇就是充实自身世界的欲望。人的童年最好奇，那时的内心世界空荡荡的，对外界充满探索的意愿。长大后，世界开始满了，才渐渐对许多东西失去兴趣，只关注于那些"有用"的事。但一个内向的人，往往内心不易被外界填满，反倒没扔下那份儿时的好奇心。

钢琴是有着复调声部的乐器，它足够复杂。我天生喜欢复杂感，事件的可能性，事物之间的关系，在钢琴里我可以发现很多。

是否与其他同龄人一样，经历过青春期的幼稚、叛逆、空想？

会。但我觉得叛逆不是坏事。也许日后你会意识到当初反抗的对象——父母、师长——说的都在理，但我仍然觉得叛逆本身非常可贵。无关你的行为、想法，而是当你过了这个年龄段，便再也留不住这种东西了。我身上的叛逆不十分外露，但骨子里我是一个挺犟的人，这种犟不会轻易形于色。

你曾说肖邦、莫扎特、勃拉姆斯都是在和时代精神的错位中成就了自己，这种错位或超前于时代，或背离于时代。是否艺术往往需要这样的"错位"？

我觉得伟大的艺术，总会包含某种脱离时代的特质。不是说它和时代无关，正相反，脱离时代意味着与时代有着更深刻的关联。

你是否有意与主流意识保持一定距离？

不会有意识保留。这种疏离是天性使然。如果一个人对大众趣味有天然亲近感，那么你再想保持距离，最终也不过沦为做作。演奏没法自欺欺人。唯一幸运的是，我知道自己天性就与"主流"存在距离，因而站在旁观者的视角，能看清一些我认为应该拒绝的东西。

如能选择，你希望自己穿越到哪个时代？

以前我会想回到过去的某个时代，但现在我想去未来，跟未来的我所不知道的音乐家沟通。他们看我们这一代就像我们看巴洛克一样，也许比巴赫自己看得更清楚。我想看自己的时代看得更清楚。

演奏者应在怎样的语境中理解音乐作品？

你想它有多少语境，它就能承载多少语境。一方面，音乐是一个封闭、自足的体系。有些艺术门类，如电影，并不能自足，需要音乐、剧本、映像，是一个永远敞开的形式。音乐不一样，尤其是古典音乐，自身就是一个自足的符号体系，因而具有高度的抽象性。但从另一层面说，这种抽象性又能使它容纳各种各样的语境，因而解读的空间和可塑性很大。

在音乐会中，受编排及演绎方式影响，作品本身的意涵会被重塑。比如演奏家的个性与作品之间的共鸣。又比如与某段历史的共鸣：我想赋予作品一种历史的叙事情境等等。问题是作为一个解读者，你想让它拥有什么意义。

专辑曲目或音乐会节目单中呈现的概念性乃至戏剧性，事先是如何形成的？先有曲目还是先有概念？

肯定是先有曲目。概念先行在我这里行不通。概念本身是死的，而你对一首作品的热爱是活的。你必须使无机服务于有机。譬如，先有了一两首最能激发自己诉说欲的作品，在这之后，关于整套音乐会的曲目概念会慢慢滋长。这种概念的产生是一个自发的过程；相反先有概念，再用不同的曲目去填充，对我来说很难行得通。

你在一篇文章中提出，音乐会的终极意义在于作品内涵之间的对话，及其不可复制的事件性。显然解读这些信息需要一个思考过程，这是否意味着听众不能"不劳而获"？

有多少付出就有多少收获。"收获"，就是获得了本身没有的东西，一些新事物。但太多时候我们只是在消费已有的东西。一个人若想要真正获得什么，一种从未有过的体验或感受，某种程度上他必须迈出舒适圈，必须付出一定精神及体力上的努力。这当然要由演奏家引领，但观众首先得有这个意愿，他要愿意接受这个东西。

你认为理想的音乐诠释应以什么为本位？作曲家、演奏者、作品，还是观众？

没必要树立一个绝对化的主体，这是很危险的想法。作曲家也好，演奏家、观众也罢，都不能代表音乐。音乐是高于观众和演奏者，甚至是高于作曲家的。

那么"音乐"是什么？它是我们所能挖掘的，作品的一切内在潜质。它的客体可以随时转换，并不存在一个真正、绝对的主体，换句话说，它是相对的。某些语境下需要为观众，另一些时刻需要遵从作曲家的原意，还有些时刻需要服务于演奏家的个人判断。

与此同时，音乐也可以否定这些因素。比如作为一个演奏者，我认为有时作曲家对演奏的设定，是基于他自己并没有想到更好的诠释方式。现在的作曲家就是这样，创作过程中会不时征询演奏家意见——这在当代音乐创作中十分常见。但我们却无法和故去的作曲家沟通。他们不仅作古，且早已被后人神化。我们只能作为一个短暂的客体，来和一个永恒的主体对话，这种对话一定是不平等的。

我们总是想当然地以为：作曲家是万能的，他已经想到了最好的可能性。这种想法本身就是以不平等为前提的。这在当代音乐里是看不见的：权力关系的变更，使当代作曲家更需要演奏家。贝多芬不需要我们——他已经是"神"了。

回到问题本身：我不认为音乐里存在绝对权威。譬如某首作品，它是为小场合演奏而作的，在一个混响很小的场地，保持原速没问题；你把它放到两千人的大厅，速度就太快了。这时作曲家的原意是"音乐"吗？我们对场地做判断，让演奏发挥作品的最大潜力，这才是音乐。

你曾说"古典音乐具有不可消费性"，但有鉴于作曲家与演奏者话语权的不对等，这种不可消费性是否也是历史、社会语境赋予的？

　　因为被赋予了"经典性"，古典音乐一定包含了神格化的观念。而倘若"不可消费"意味着一种清醒，那么无论演奏者还是听众，都应该更理性地审视他所面对的作品，而非一味拔高它们、神化作曲家。这和对待音乐严肃与否是两回事。

　　但是，抛开历史语境赋予的神化意义，古典音乐本身仍具有不可消费性。因为它是一门复杂的艺术。它内在的架构体系，使它成为提供复杂听觉信息的载体。一段脍炙人口的旋律是可消费的，但旋律之下复杂的织体、丰富的细节变化，却永远无法被轻易消费。这与历史的神化无关，而是古典音乐与生俱来的特质。

　　这是否亦与当时消费主义尚未泛滥有关？

　　当下我们确实缺少工匠精神，但我不认为消费本身是当代产物。只是市场经济将它的本质暴露出来了。一方面，精英文化的丧失、平民文化的兴起是一个原因；另一方面，消费本身的快捷性使得工匠精神越发薄弱。其实消费意识每个时代都有，当年莫扎特的创作也是为了供贵族消费，只不过那些作品本身是另一回事。

　　现代科技让音乐突破了艺术和技术的界限。你认为技术革

新会为音乐产业，尤其是演奏者带来冲击吗？

会，但我对此持乐观态度，我认为古典音乐应该接纳科技革新。试想如果没有十二平均律这样的科学成就，我们不会有那么多好听的音乐。十二平均律发明之前，我们没法确立二十四个调，更无法实现各调之间的无缝转换。相比绘画和文学，为什么音乐成熟得最晚？因为它太需要科学，才能系统地归纳出一个音理体系。日后若有新技术能改良乐器，使之更具表现力，也许会催生出一批全新的音乐概念和作曲家，带来另一个时代的艺术音乐复兴。

此外，我不觉得科技能真正取代音乐演奏。曾有人预言，人类文明到了人工智能阶段，现存的大部分职业都会被淘汰。在最不会被淘汰的职业中，艺术家名列首位。我想，到了人工智能统摄一切的那天，反倒是人类演奏最值钱的时候。那时大家才会去想：机器人什么都能做，但我想听听机器做不到的东西——人的魅力。

目前越来越多音乐家拥有跨文化教育背景，包括中国当代最炙手可热的几位钢琴独奏家。国际化教育是否造就了国际化审美？

我不认为在当前的语境下真的存在国际化。所谓"国际化"，就是西方化。我们大体上还是处在一个西方中心主义的语境中。真正的国际化应该不存在一个统摄性的力量——无论政治、文化，都是平等的。

上一代音乐家基本也出国留学，包括傅聪、殷承宗等等，要么去莫斯科，要么去西欧。虽然只有寥寥几人，不像现今大规模的留学潮。但这并不代表我们比上一代更"国际"——如果你听以前中国演奏家的录音，他们甚至比我们更西方化。

历经西方化的过程后，我们在谈论音乐时，东西二元的概念是否已不存在？

问题是我们本来就没法定义什么是"东方式"演奏。有些人称道家精神、水墨意境为"中国式"。再比如傅聪，将唐诗宋词融入对西方音乐的理解，这样的视角也自然是"中国"的。但你看现在一些孩子弹琴，一上台就拿腔拿调。中国的传统通俗文化是很讲究"腔调"的，像京剧，一看脸谱就知道是好人坏人。看很多学生弹琴，你不会想到什么道儒文化，一看台上有很多肢体动作——先摆出腔调来，就代表"有乐感"了。所以你告诉我，什么是中国式、东方式？

古典音乐的跨文化实践如此普遍，"学派"概念是否会被稀释？

一定会被解体的，也应该被解体。不断解体后会有新学派兴起，这样才有进步。譬如一个所谓的德彪西学派，如果三百年后大家还这么弹德彪西，那么古典音乐活该死掉，因为它没有任何自我更生能力。

当然作为历史、通过录音遗留下来的学派，我们会永远听它，并感慨道"那是个不可复制的时代"，有着不可复制的演绎风格——正因为无可复制，所以珍贵。如果一样东西可以被无限复制传递，这种东西一是无聊，二是它也一定会变得廉价。

模仿与刻意

节选于《钢琴艺术》

访谈时间：2017 年
访谈者：张可驹

能否谈谈你这次在 BIS 录音的过程？这次的曲目基本都是你自己决定吗？录完这张唱片大概耗费多久？唱片的后期制作，你有多深的参与？

都是我自己决定。录音的过程，我在德国的一个录音棚待了三天，每天下午录。关于后期制作，我只是最终定版前从头到尾听了一遍，定夺用哪一遍。

所谓"后期"，其实没有过多的剪辑。通常录音时，某些细节不满意，演奏者可以重录，继而再"剪"进去。但我是尽量一遍录完的。我不太喜欢"缝缝补补"。录音师告诉我，即便较短的乐曲，许多钢琴家也会采用分段录制。但对我来说，一首乐曲的演奏情境应该是连在一起的；分开录，总会丢失某种宝贵的情境感。乐曲某分钟里的某几秒，只有在"一体"中，才能成为"那几秒"。你明白我的意思？

当然，如果能够实现理想的剪辑，亦即完全不露痕迹，那么演奏家（当然也包括我）都不会拒绝这样的诱惑：如果科技能够弥补演奏的不足，为什么不呢？

但就个人而言，其中还是有令我纠结的灰色地带。演奏的魅力，在于它成就一系列不可复制的瞬间，正因为它们都带着人的"脆弱性"。录音的意义是留住瞬间，还是重构瞬间？在当代，这已经是一个无解的问题。

的确，而既然你这么想，你应该也会认为，录音是越好地还原演奏原生态的声音越好？还是说，应该着重于让听众听到在现场不太能听到的细节？

这要看你怎么定义"现场"。有两个维度：第一，是作为时间的现场。它无法复制，过去就不再来了。第二，是作为空间的现场。一个沙龙音乐会的空间，和能容纳五千人的阿尔伯特音乐厅是天壤之别。即便在同一个音乐厅的不同位置，你所听到的效果也完全不同。录音抹去的，就是这个"空间"——就算是在音乐厅现场录制的，转为唱片后，你仍旧听到的是一个真空般的声响。

　　当然，它也有无可取代之处：话筒距发音的源头近了，效果因而清晰。许多人对比现场更偏爱录音，也自然合理。

　　但你不觉得，现在很多录音的通病，就是录音话筒摆得实在太近吗？

　　问题在于近到什么地步。譬如古尔德的录音。如果像多数音乐厅的设置，将话筒吊在天花板下，是不可能录出"古尔德"的（注：通常音乐厅自设的话筒都悬在天花板上，以便为现场演奏存档）。在第一次灌录自己的专辑前，我从未想过这个问题。你弹完某场音乐会，演出方往往会留档，同时给音乐家一份拷贝。你自然会听，继而以为那就是自己在"唱片"中会呈现出的效果。

　　直到真正灌录唱片，你才会惊觉两者的殊异。音乐厅自设的话筒离得远，你所听到的，确实接近真实的现场——我所指的，是在大厅"空间"中传出的效果。但在 CD 里，这种空间感就没有了。

　　这也有好处。就如前面提到的，假如古尔德是现场录音，效果断不会像他唱片中的那样"清晰"。那些唱片不仅体现了他的音乐观，更体现了音乐背后的那个"人"。对每个音的细节这样地"抠"，这样"校来校去"：他明白只在录音棚里，他才能做出他想要的。

但反过来说，难道古尔德这样的钢琴家，不应该在现场被人们听到吗？从我主观的立场来看，音乐终归是一门空间的艺术。当话筒离得太近，且不说美学的问题……

最重要的是，没有声音自然扩散的感觉。

对，缺乏扩散感。在我看，从声源到听者的耳中，经过音频的震动，此中需要距离。所谓扩散，就是你"听见"那个声源和你之间，存在着这样一段距离。

你会害怕听自己的录音吗？

我不喜欢听自己的录音。你总会找到很多遗憾。但如果你要反思、要进步，又必须要去听自己。"我究竟弹成什么样子？"这是非常别扭的体验。

前些年曾有人指出，你几乎是目前国内的年轻钢琴家里面，

唯一系统去关注、研究历史录音的人。

　　倒真不是唯一的。在柯蒂斯音乐学院学习时，周围的很多同学都喜欢听历史录音。当然，柯蒂斯的情况比较独特。那是"老派传统"很深厚的一所学院。刚建校那段时间，拉赫玛尼诺夫常在柯蒂斯练琴，霍夫曼曾是校长，罗森塔尔、莫伊塞维奇也在那里教过书。小提琴方面也同样，津巴利斯特是霍夫曼之后的继任校长。这是学校的传统，作为学生的我们也自然对那个时代多有几分神往。

　　很多历史录音的名家，确实都不太为人们所知晓了。由于录音自身技术的发展，人们总不免沉湎于音效的"精细"之美。再返回听历史录音，听者可能最先留意的，是音效的"糙劣"。此外，也由于美学：大约从 20 世纪六七十年代开始，对谱面的忠诚成了演奏的首要条件。对过去的录音，有人或许觉得那些老一辈大师是在"乱弹"。

　　那么，我就另有一种好奇，会否有某些老派演奏的"力量"过于强大，让你感到无法摆脱它们的影响？譬如，你有可能演奏舒曼的《童年情景》，却不想到霍洛维茨与科尔托，或者弹李斯特的奏鸣曲，而不想到阿劳和霍洛维茨吗？齐默尔曼曾表示，他为摆脱霍洛维茨弹李斯特奏鸣曲的阴影，用了十年。之后才录了他著名的唱片。

其实真正会令我顾忌的，并非某位前辈如何如何伟大。而仅仅是因为那部作品太难弹好，才望而却步。因为我不介意模仿别人。

不介意？

是的，不介意。艺术就是从模仿开始的，模仿模仿着，就变成自己了。"模仿"本身不过是个表象，从根本上说，是它给你点醒了：你究竟喜欢谁？喜欢什么样的艺术？你想要模仿一个人，必定是因为你心里本就有那个东西。

有时你感觉某人弹得很好——太牛了！但你并不会想要仿照他。但有时你听到另一人的演奏：哦，弹得真好，我也想像他那么弹。这并非关乎"好"，而是，你的内心和他起了共鸣。艺术家的成长，无非是通过找到与你共鸣的对象，然后，找到你自己。不走这条路是不可能的，除非你从出生到终老，从未接触过他人的艺术。

所以我不介意模仿。真正的问题不在模仿，而在"刻意"。

其实艺术家都应该知道，自己无法成为别人。演奏就像指纹，每个人都是独一的。但我们同时又会困扰：我怎样能够变得更独特？怎样才能让我的个性，顷刻间就"显"出来？其实我们稀缺的不是个性，而是诚实。当一个人坐在那里弹、把自己做好时，就已经区别于他人了。有时听一些钢琴家的演奏，我能很清楚地听到一种"刻意"，就是"我想要达到什么"，能听出那种要证明自我的心态。

抱歉打断你，只是我自己无论作为听者，还是乐评人，都感到目前你说的这种情况，几乎像瘟疫一样，"传染"得到处都是。钢琴、小提琴，有时也包括歌唱，都有不少典型的例子。

这种"不自然"是最致命的。因为在模仿他人时，你还是在做自己。模仿，我是说自发的模仿，是你被一件事物打动，被它拽着走。但"刻意"是另一回事——你并非出于被打动，或在找寻真实的自己，而是为一个与音乐无关的概念或目标。在演奏前，我想着："我必须与众不同"，这比模仿要可怕得多。如前所述，一个人刻意与否，别人是能感觉到的。有的演奏家是真的疯狂，那确实是他的本性。但另一些人是基于一个"理念"，甚或"野心"。那个野心驱使他做出各式各样的"诠释"。

所以，回到你之前所说的极有影响力的版本。如果我喜欢某一版本，我当然会被它所影响。但现在我也会提醒自己，我所做的，是否真的是发自我内心？二者的界限并非没有暧昧：有时你已然不觉察，自己是在刻意变成某个样子。

说到底，这是一个"自觉"的问题。艺术需要自觉，需要知道自己在怎样的一个位置——自己是在音乐下面的。如果自发被音乐打动，你就去做，无论它是否遵从作曲家的原意，还是像某个版本。只要你获得了"自然"的感悟，那么就该去诚实地表达它。

这样的见解非常宝贵，我也深表认同。"很自然地呈现自己的东西"，说实话，你状态最佳的演奏中，这种品质是最最让我陶醉的。演绎者的"个性表达"是个老生常谈的话题，但你确实是将它解决得特别好。不过，你刚才也表示，演奏者自然地被音乐打动，有时甚至不必完全在意演奏是否遵从作曲家的原意？

嗯……我一直认为，一方面，演奏者不该凌驾于音乐之上，而另一面，作曲家也不该凌驾于音乐之上。

连作曲家都不行？

　　是的，也不行。

　　我一贯都这么认为。一部作品在尚未改订完成时，它是属于作者的。而当它一旦被出版，也就是当演奏家获得了诠释它的权利时，它便成了"音乐"。这就是它和其他艺术的不同。一幅画挂在博物馆里，它就是"完成"了。可当一首乐曲被印刷出版，它有另一半未完成：即通过诠释者的实现、被人听到的那段过程。听众、演奏者、作曲家，都只是这过程中的一环，没有哪一方可以说："我拥有这个音乐的全部"。

　　这同样约束着演奏家。诠释的"限度"有多大？有些演奏家任意篡改，你能立刻听出他"自然的状态"未必如此，只是为了做出某种效果，为求独一无二。一旦陷入这种不自觉，演奏的动人就随之削弱。这就是"音乐为本"。

　　这也是为什么贝多芬所允许改动的程度，比李斯特、肖邦等人的作品要小。并非因为贝多芬比后两者更伟大，而是你会发现，有时不按贝多芬的意图去弹，效果非常别扭。这是作品的织体、和声、旋律，以及各种各样的因素所决定的。

　　但譬如肖邦的某首圆舞曲，原本是质朴简单的，然而你在演奏时，可以让它"花哨"些，效果也同样自然。但你很难对勃拉姆斯 Op. 117 的某个乐章进行此类处理——音乐自身的特质不允许你这么做。肖邦的圆舞曲，其旋律的构造、织体、舞蹈性等等，允许它生成某种娱乐性。哪怕这违背了肖邦的原意，但它确是潜伏在乐曲中的另一种可能。勃拉姆斯的 Op. 117 却未潜藏这些特质，那样弹，就仅仅是同音乐自身的特质打架而已。

总之，无论是演奏家独大，还是作曲家的原意必须百分百被遵守，在我看都是极端。如果看到作曲家的标记便不再反思，并为此抑制演奏自发的感受，这与浅薄的哗众取宠同样，是一条歧途。

音乐之外

节选于《游艺黑白》(焦元溥著,广西师范大学出版社,2019年)

访谈时间：2018年5月
访谈者：焦元溥

古典音乐在21世纪受到很多挑战。很多人觉得必须要求新求变，演奏家要懂得多角化经营，要主动培养乐迷。然而这种种经营，往往对培养艺术思考无益，甚至有害。您怎么看这门艺术的发展？

在可预见的未来，古典音乐的演出形态肯定会发生改变。但怎样发展，要看古典音乐那时的社会性质。就过去两百年的过程中，它的模式和生态，基本没有过大的改变。(虽然相比要求台上台下都要正装的年代，也许是"被动地"进步了一些)。从这个意义上说，这确实是一种保守。

但换个角度来看，这种保守也有其珍贵的品质。现在时代变动过快，反智主义、商业化炒作泛滥成灾。古典音乐虽然难免受影响，但究其根本，是演奏经久的艺术品，捍卫那些不妥协于时代的审美。这是很动人的力量，就像洪流冲入平原，仍有一群石块屹立不摇，这些石块就是古典音乐。如果一个时代因为走得太快而盲目不堪，那不走、不变的事物，或许正代表着对盲目的反思。

近二十年来，东亚钢琴家在国际大赛上斩获良多，各大赛都出现东亚冠军得主，东亚音乐家也成为国际乐坛的新主力，宛如当年苏联／俄国钢琴家带给西方世界的震撼。您怎么看这样的发展？

某个层面上，我们和昔日的苏联／俄国钢琴家相似，尤其是对"技术精湛"的侧重。但我们和苏联又不能真的相提并论。因为东亚音乐家作为一个群体的兴起，其实是全新的事件，甚至是艺术史的首例。俄国学派的演奏家，若是演奏俄国作品，且以这些作品为他们演奏的"主力"，那当然还是"本土音乐家演奏本土作品"。而这个"本土"，同样是"西方"的一部分。

我想欧美听众从不会觉得霍洛维茨、海菲兹是"非西方的人演奏古典音乐"。但近二十年来，我们看到原本和西方文化没有深刻交集的地域上的人，以一个庞大的群体出现在古典乐坛，其中包括中国这样开放甚晚的国度。(此前虽也有亚洲音乐家在国际居一席之地,但毕竟还是零星几位,绝非一整代人。)无论怎样,他们的出现对西方而言,都是"本土之外的进入本土"。

这大有意义。因为它是从未出现,又其实应该出现的事件。艺术,尤其音乐,从来就被视作具有打开国度、超越种族、跨越壁垒的性质。但这从来都是"口号",可有被实践过吗?说音乐是"人类共同的语言",怎样共同?美国人唱京剧和昆曲?俄国人演奏阿拉伯音乐?没有。我们只能从聆听的层面来谈:欧洲人可以欣赏非洲、阿拉伯的音乐,中国人也可以欣赏欧洲音乐。

所以我们这代的演奏者背负着一种使命:音乐作为一门表演艺术,真的在实践的层面,能够跨越国界、超越偏见。毕竟,这里从来就有一个悖论:一方面,西方对全世界宣扬他们的价值观,认为那是"普世性",包括他们的艺术。但从西方中心主义的角度来说……

这个"普世性"转了半天,其实还是在西方。

对,还是在西方。面对"外人"演奏他们的音乐,因为西方中心主义,又会走到一个遮罩的角度,"不,你还是不对,还是没懂我们文化的精髓"。但所谓"精髓",如果只有德国人、法国人能懂，何谈"普世"？我们有这样的历史契机，证明西方音乐的精髓能够越出西方。音乐，真的可以普世。

我现在有两个比喻，您觉得哪一个比较像您的观点，或两个都不像：以演奏贝多芬的奏鸣曲为例，您是以来自中国或亚洲的人去学德文，然后用德文把这故事说出来，还是说我们看贝多芬的奏鸣曲，是看德国人用德文写了个故事，而我们现在用中文把德文故事翻译出来？

这有意思。文学有音乐没有的"翻译"问题。要把德文译成中文，我肯定要真正了解德文，尤其是关乎母语精髓的东西。贝多芬的音乐，无论怎样"抽象""普世"，如果他不生在18、19世纪之交的德奥，就不可能写出那样的作品。把舒曼放到1840年的清朝，也不会是我们知道的舒曼。音乐中最灵魂的东西，还是关乎社会与时代的。每个音怎么写下去，都离不开养育它的语境，任何艺术都是这样。

这又回到民族性与普世性，以及"正统"与否的讨论。

再比如诗歌，本就抽象，再加上翻译的诸多因素，就更复杂了。少数情况下，翻译能翻出原诗中没有的东西，甚至比原文还有意思。所以我们无法低估译者——"翻译作品"同样是文学作品。

此前，音乐从未遭遇"翻译"的问题——它从来就待在本土的情境里。现在新景观出现了，总会有保守的观念，提倡维护"正统"。可即便我们认同德国音乐家演奏的贝多芬"最纯正"（"纯正"真的存在吗？何谓"纯正"？），但如果贝多芬两百年来都这样"纯正"，那音乐就不是一门具有自我更新能力的艺术。若要我选择，我还是会站在"翻译"的一方。

刚刚您提到翻译可能比原作更好，我想提另一点，就是翻译文学对本地文学也会形成助益。以我所经历的时代，卡尔维诺和村上春树作品被引介至台湾地区之后，确实引发本地的学习潮流，之后更转化出新的力量。

没错。比如中文诗歌，至少从 20 世纪八九十年代开始，深受域外诗歌及译文影响，语言明显被西化。于是有人批判：中国诗作必须坚守本土性。但德国汉学家顾彬却说，在文化语境相当庞杂的现代，"要成为地域作家，先要成为国际作家"。

就像 19 世纪后期的美国"意象派"诗人，诸如庞德、洛威尔等人，在接触了《诗经》、唐诗的译文后，把汉语的意象修辞用于英语写作，给美国诗歌带来新的活力。现今非西方的音乐群体作为一种现象，或许正能为西方的传统音乐注入活水——当然，这前提是我们够好，够认真。

您对中国作曲家有什么期待与期许吗？

现今国际知名的中国作曲家，大多是70—80年代初上大学的这批。90年代后出生的仍在努力，希望他们越来越好。在内地，古典音乐的演奏很蓬勃，但创作上能坚持的人还是少。作曲系的学生大可在毕业后往电影、电视剧配乐或流行产业发展，获利很快也很高，远比在古典音乐领域发展有利。

演奏也面临类似的问题。中国古典音乐市场尚未饱和，一切都在飞速发展，变数很大。当然，变数也是契机。虽不乏诸多怪象：庸俗化的娱乐节目、老师疯狂增高学费等等，但乱里也有活力。

可喜的是，真正的乐迷在飞速成长。在以前，来音乐会的人大多是琴童和家长。这是目的性的"欣赏"。现在的听众群体逐渐转向自发热爱音乐的人，为了喜爱的作品或演奏家来听……

听您这样说，我感到很欣慰。相比之下，台湾地区的古典音乐市场真是非常成熟，成熟到音乐学生和家长都不去听音乐会的神妙境界了。

不过我相信，这当中仍有不少赶潮流的人。可能很多人仅仅将古典音乐看作"奢侈品"消费，多少沾一点文化档次。说不定三十年之后流行别的"高大上"，大家又不听古典音乐了。

为什么我们对古典音乐会有"高大上"的感觉呢？这可能不是来自广告宣传，背后应该有更深厚的文化因素。毕竟在美国，一般人可能觉得古典音乐高级但"不好懂"，大家也追求有钱，而不是"高大上"。

这首先和教育有关。美国的传统智慧是实用主义（Pragmatism），尤其对于大多中西部地区，那是拓荒的历史所造就的。你经常能从他们口中听到这个词。那是深入骨髓的、根深蒂固的实业家心理。北美文化从未像东亚这样崇尚"智性教育"。东亚的传统是官儒文化，注重成绩，强调智力成就，中、日、韩都是如此。学习、欣赏古典音乐，确实涉及太多智性的成分，也反映了东亚对复杂精妙事物的崇拜。如果优异的演奏技艺并非很难获得的本领，或许不会燃起我们强烈的渴望。总之，古典音乐这半个世纪在东亚所掀起的热潮，绝非偶然。

相较于日本已经相当成熟的古典音乐学习环境，中国的情况有点微妙。钢琴学习可说是热潮：有人说中国现在有 2500 万人在学琴，有人说有 4000 万人。我的确认为古典音乐和东亚注重智性的文化颇能契合，但投入如此巨大的资源于乐器学习，还发生在现今这个时代，应该还有其他原因？

就我出生 (1990 年) 这代的父母来说，往往有没能实现的梦想。什么梦想？那时的中国人自然不会以当律师、银行家为目标，他们对金钱没有概念。他们的梦就是艺术：写诗、弹琴、唱歌，诸如此类。等到孩子出生，又是一胎化，更要让独生子女实现自己当年未竟之事。

再者，那时的意识形态是集体主义。而当压抑的愿望被唤醒，舞台总是最能实现"个人主义"的憧憬之境 (比如电影《芳华》中，女主人公在精神病院的那段独舞)。表演，就是献给"个人"的掌声与光环。这也许是为什么我们这一代许许多多的父母，自己是建筑师、律师、商人，却还花大量资源及精力让孩子走上钢琴、小提琴的专业路。

　　而到 21 世纪初，中国音乐家在国际乐坛的崛起，又掀起了新一波的学琴风尚。就像美国人本就崇尚游泳，但在菲尔普斯之后，又带出了新的游泳热。这又涉及到明星现象所构建的集体幻觉。

　　您有广大的乐迷，是很多琴童的偶像。不知道您对学琴的孩子，有没有什么建议？

　　琴童学琴，离不开家长。练琴需要纪律的约束，所以对琴童说就等于对家长说。但这得"因地制宜"：如果对中国家长，我通常说"不要逼孩子，不要抹杀他们对音乐的兴趣"；如果对西方家长，我会说，"你真的该逼孩子多练琴。如果想走专业，一天练半小时实在不够"。我想，关键在"度"的平衡，如何积极学习而避免竞争性，在不破坏兴趣的前提下，施以纪律的压力。

　　诀窍可能就在于怎样丰富生活。很多家长让孩子学琴，但家中从不播放音乐，对演奏的作品、作者一无所知，只在乎考级。反之，如果能有更丰富的聆听经验，能够触及各类艺术、参观博物馆，那音乐就是他们生活中的一部分了。

　　不少人认为学音乐就不用读书，不用涉猎其他艺术，只管练琴，殊不知事实正好相反。文化素养愈丰厚，也才愈可能在音乐这条路上走出自己的一片天。在访问最后，可否请您说说您的读书心得，如何丰厚自己的文化土壤？

我爱音乐，也爱音乐之外的事物。我很敬佩那些能专注于极少数作曲家，甚至极少数作品的演奏家。但对我而言，想象自己一辈子这样，很难不害怕。每当我去做和练琴无关的事，再回到钢琴，总会觉得很新鲜，更觉多了养分。

在任何资料都可轻易查到的网络时代，阅读的意义已不复从前。只是我从小就比较喜欢想事情，常给自己题目思考，想通点什么，就好像大脑做了精神按摩一样。广博涉猎确实有助于建立一个人的艺术观，但这并非直接的功用。我不相信从功利的角度去亲近艺术能有多少收获。毕竟除了技巧、知识，关乎演奏艺术核心的，是人格。人格无法教，也无法学，唯独需要养分。如果你希望一棵树能不断成长，首先要将它种在森林，而不是植入盆景。书籍于我就是森林，不仅是所谓思想的"成长"，而是，你所汲取的终将影响你成为怎样的人。

流行与批判

节选于《不会画画的作者不是好钢琴家》
原发布于播客"naive 理想国"

访谈时间：2021 年 12 月
访谈者：乔非凡

您刚满 19 岁时，就赢得了范·克莱本国际钢琴比赛的冠军。比赛除了开启了您的职业演奏家生涯之外，对您还有其他的意义吗？

看你想怎么定义。虚荣心可以给自己找各种意义，但它其实就是一个非常现实的东西。一个学生通过比赛可以获得演出的机会，他可以被注意到，尤其现在，比赛是最有效提供演奏机会、建立演奏生涯的一个平台。

过去未必如此。过去的比赛是作为权威的符号，意味着权力的认可。现今不同：社交媒体起来了。顶级赛事在此就显出了它的优势：放在网上、社交媒体上，它可以变成一场秀，一个"大事件"。

单单一场演出的视频，能有多少观看率、曝光率？就像只有资深的体育迷才会关注单个的体育赛事，但奥运会人人都看。大型比赛由此成为超出于常规演出现象的超级平台，从而获得高得多的曝光率。

但相反，它过去曾有的权威性被大大削弱了。"权威"，即独一。过去的人怎样受到社会的承认？就是通过一根从上至下的管道，权威的管道。当今并非不再有权威，只是它的力量小很多了。也正是因为网络——有时，一个网红都可以比一个世界大赛冠军获得更多的点击量、观看量。

乐评也是如此。上个世纪的演奏家，最怕的就是乐评。一位大乐评家的一篇骂文，就能够长期影响演奏者在一地的声誉。这就是权威的意义：只有一个频道。

但好处是，权威知道自己的力量。他要对自己所说的百分百负责。现今相反，我们有太多的声音了。光一段视频就有成百上千条的留言。一方面，我们听到了更多，但另一面，大家都是匿名的存在。只有极少数人会严肃对待自己身处的这个公共空间。这就会导致轻率，导致语言、舆论的暴力。

话题扯远了。回到比赛，在我出生的 90 年代初，比赛还在所谓"旧时代"，仅仅是在这十五年到二十年间，它发生了一个很大的改变。我小时候听说有谁在哪个比赛获奖，都只是一则遥远的新闻。现在呢？比赛就像我们与社会中其他事件的接触一样，变成了人与屏幕的一个即时关系。

您平常会在网上冲浪一下，看看别人对您演奏的评价吗？

当然，你不太可能能避免这个东西，网络过于侵入我们生活中的一切了。你可以听到大量迅即的反馈。但这样的迅即性也会滋生出副作用：人会想慢慢变成其他人。我们时代的问题之一，就是社会变得越来越透明。一种幻象般的透明——像身处一座玻璃房子里，每个人都妄图被别人"看见"，或不得已认为只有被看见，才有存在感。网络是最能提供这种幻想的机制。

它让我们的世界变成一个广告的世界。它给你洗脑，告诉你美丽的男人女人都该长成什么样子，同时让你相信"我也要做自己"。其实你根本没在做自己——你心中欲望的，不过是一个被灌输的形象。

您会怎样看待别人对您的评价，比如"著名钢琴家"之类的定义？

我就是一个弹琴的人嘛。谁能去定义"家"？如果一个人认为我是他喜欢的钢琴家，或者我弹得狗屁不是，都是他的看法，与我无关，我也无法左右。

其一，我觉得现在的一切都过度标签化了。我们身处一个讯息的世界，被这些过量又空洞的符号占据，成了一个个名片般的存在。其二，这也是一个过度专业化的时代。"家"的概念背后，是一整套现代的、专业化的意识形态：这就是你的工作、事业，是你的社会价值。但对我来讲，钢琴不太是个职业性的东西。

噢，是吗？

对。我很难界定它的意义。一方面它是职业，但另一方面，又只是爱好。它介于"兴趣"与"工匠精神"之间。

我记得自己在疫情时，最长几个星期没碰过钢琴。这是全新的经验，一种非职业的经验。在职业状态中，自己一天没练就会愧疚。但那几周没练琴，再回到钢琴，弹下第一个和弦时，我感到浑身像电击一样。你想：几周没有听到乐器的共鸣，然后共鸣突然在你周遭响起，像是第一次听到音乐一样。

我想说什么呢？就是即便你很久不弹琴了，你还是个音乐家。你对音乐的感情，你看待生活的种种角度，还是一个音乐家的维度。

　　我不太确定一个律师、一个外科医生是否会有同样的经验——"退休后，我就不再上手术台了，但我还是个医生"。很多小说家真的可以多年不写作，很多画家长时间不再作画。但一下笔，技巧、感觉全在。他养成的职业思维、艺术感一直在跟着他走。有些大诗人停笔十余年。但是你能说在那十年之间，他不再是诗人吗？但我或许能说：某人不再是司机、不再是商人——如果他真的停下十年。

　　相比，音乐在所有艺术中，已经是最具职业性的了。海菲兹说，一天不练，自己知道，两天不练，老师知道，三天不练，观众知道。我过去也这么认为。但疫情改变了我的看法。如果阅读小说、写诗或者干其他的事，我还是一个钢琴家——或者说，我又不是一个钢琴"家"——我也会不想练，会想做其他的事。就是这样。

　　我们说回您对自己的定义：弹钢琴的人。钢琴与您是怎样的一种关系？大家可能会觉得您是操纵钢琴、操纵黑白键的人，但您同时又在被琴谱所操纵，它指示您如何演奏。是这样吗？

　　不完全是这样。钢琴也在某种程度上操纵着我。同时，我也并不是完全被乐谱操纵的——我也在操纵着它。

先拿第一种关系来说，钢琴演奏的最大问题，就是我们没有属于自己的演出乐器。当然在过去的年代，少数钢琴大师是带着自己的琴巡演的。那时候人工不贵，琴可以被运来运去，现在不行了。绝大多数情况下，乐器是场地的用琴，或从当地琴行租用，这是其他器乐演奏家所没有的挑战：每场演出前只有短短几小时，去熟悉一件陌生的乐器。你只能在有限的限度内尽可能适应，必须去适应。你得想：用怎样的触键才能让它"舒服"，让它发挥自身的潜质，而非反过来，想方设法让它为你服务——它不可能听命于你。

第二点，是钢琴的器理特质。钢琴是一个反弹型的乐器。中文"弹"这个字译得好。我们说弹琴、拉琴、吹号，但英文就是"play the piano、play the violin、play the horn"。以我看，中文在此给出了一个比西方语言形象得多的维度。

什么叫弹？就是说你给它一个力，它回给你一个力。下一音要根据你上一音"弹"回的效果做调整，就像球类运动一样。球的每一次起落，难道不是它自身弹回的高度、速度，决定了人的再一次击打吗？所以这并非单方面的操控，你同时在被它所控。这也是钢琴最大的魅力：你永远有一个新鲜感，不确定感，同时，也不会有小提琴、大提琴家会有的那种与乐器的熟悉感、亲密感，甚至"生理感"（如果我可以用这个词的话）——它已经成为你身体的一部分了。你知道，很多弦乐演奏家会给自己的乐器起名字，这对钢琴家几乎是不可能的。因为演出时它不在那里。即便它天天陪我在家，但那最重要的一环——在台上——它从未陪伴过我。我与它，永远是一个半缺失的关系。

再说琴谱。同样，不仅是我被琴谱操纵，我也在操纵它。最简单的道理：没人演奏，琴谱自己能发声吗？琴谱是确定的符号，但这些符号如何被实践，才是意义的核心。什么样的音质、力度、触键，速度多快、多慢……没有演奏者，琴谱操纵谁？某种程度上，是作品的演奏史决定了它的文本高度。

现在我把维度反拉过来：如果乐谱真的能被演奏者随意改编，又会怎样呢？我们还会觉得稀奇吗？同样不会。正因为我们有这么一个前提：要基于"原谱"的立场来诠释，一个所谓的"忠实观"，但其实每个人又无可避免要做自己。这当中的"悖论"，就是古典音乐演奏的一个张力，在我看，这是无解的，也是健康的张力。

您在演奏时会有跟作曲者对话的感觉吗？

当然。但它是一个幻觉——因为我真的没见过这个人。但我们依旧需要去想，去建立某个幻觉。我们在与自己的幻觉对话——这就是艺术的意义啊。

对听众而言也是这样。听者知道演奏家那一刻在想什么、表达什么？你认为他在表达悲伤，他就果真悲伤吗？艺术的神秘就在这里。

一段美妙的莫扎特音乐，当你认为把它所有可能的意义都领悟后，它是否对你就不再神秘了？不，它更神秘了。我想，艺术中有那么一块地带，是我们永远无法触及的。即便我们以为吃透了一部作品，但仍有一种物质"幸免"于我们的理解之外、于意义之外。这物质（我愿把它称作"物质"），就是艺术的核。

回到你的问题。我想如果哪天可以穿越到过去，可以同贝多芬去散步、聊天、吃饭，我也未必愿意。当我通过他的作品体悟到一种"真实感"时，就已经够了——倘若你见了本人，大失所望了怎么办？

我想，艺术的伟大，就是告诉你：没有所谓的"事实"。有的话，干吗还要艺术？一千人眼中一千个哈姆雷特。如果哪天哈姆雷特真从小说里走了出来，我反倒不太想见他了。很简单：我感受到的"真"，仅仅是我读到的，那些被称为文学的句子。

其实我们有这个契机在聊天，也是因为您马上就要出版自己的第一本书了，能谈谈写作对您是怎样的感受吗？

我以前并未写过什么文章。几篇为自己的音乐会所写的导赏除外，但那些属于介绍性的文字，不算写作。现在谈这方面的体悟还太早。我现在唯一能想到的，就是自己写作的过程还是蛮有快感的。

快感在于，你从未获得过从另一维度来进入音乐的机会。我以前会时不时弄些画（连业余都谈不上，纯粹是乱七八糟的涂抹），也偶尔写诗，但它们毕竟是和音乐无关的事。

总之，就是有一些渠道、一些出口，表达一些自己在音乐里无法表达的东西。但这次写稿，我就是老老实实在谈音乐，谈自己对它的理解——以一个无声的媒介。这种感觉很奇特，像自己面前有一片水坝，它永远往一方流；然后你发现另一边也有一个出口，把这边关上，让它从那边流。

记得自己第一次写，是去年疫情隔离的某个时段。因为没练琴，是一个长期沉默的状态。所谓"沉默"，是指音乐家本该天天听着声音的。但同时你在想音乐，无时无刻不在想。

很难描述这种感受。记得好几次，写到某一处时，自己的头皮疙瘩都起来了，并非因为写下了什么好句，而是，某种难以抑制的生理冲动。我想到自己平常练琴演出，尤其当对音乐升起强烈感悟的时刻，永远是身体在触及音乐，在与它共鸣的。但写作关闭了那个身体：你只能用文字表达。于是你感到体内有什么东

国内，不同的隔离酒店……那些漫长的时光里，我终日昏沉。幸好有写作——只在电脑前敲字时，我是清醒的

西在搏动，蠢蠢欲动要出来似的，像个魔鬼。如果我写的是与音乐毫无关联的另一本书，恐怕不会有这样的感受。

在我读您书稿的时候，我感觉您的这些感受是长期以来在您脑中的一些声音。并非今天到了什么地方，突然想到什么，类似偶发性地记录下瞬间，而更多的是您对于音乐，对于演奏长时间的体悟，就像和您一直共处的一位朋友，是这样吗？

倒也不是没有偶发性的。有些想法就是我边写边想到的，是字词"带出"的思考。但还有一些，是确实在心里沉淀了很久的东西，只是从来没想将它们付诸表达——没想过除了演奏之外，还有渠道可以表达这些。

因为音乐毕竟不是思想。音乐只能体现一种暧昧的心得。但或许某些思想性的"残余"还是沉淀在你体内，当它们突然遭遇写作，也就是当它们可以通过自己本来的面目呈现时，就一下被揪出来了。我所指的这种鸡皮疙瘩似的感觉，可能就是写作在拽出这些东西时的"生理"感受。

这些年，您在国内的独奏会都会亲自写一段导赏，解释整场音乐会曲目选择的意图。这在国内音乐会中还是比较少见的，让人想到策展人为了画展写的那种前言。通常策展人写的前言都是想要告诉观众：展览本身与观众的生活有什么样的关系。您在考虑音乐会的编排时，有过类似的逻辑吗？

不一样。视觉艺术，尤其当代视觉艺术，是完全介入生活的。最介入的可能是电影（包括现今的网剧），能够全面深入社会。古典音乐在这个意义上相反，尤其是没有歌词的器乐音乐，有它无法稀释的抽象性。我想，很多人去听一场古典音乐会，就是想要去到某个远离社会、一个隔绝了日常的地带。这是它和其他当代艺术区别的一个特质，也可能是它存留至今的重要理由——我不敢说是唯一的理由，但至少是其中重要的一条。

您会不会觉得这跟古典音乐缺乏像当代艺术那样很强的社会批判性质有关？

这个问题有意思。我想，这首先关乎古典音乐自身的历史。18世纪前的西方艺术大多属于宫廷教会，都在"订件委约"的传统内。到18世纪末，情况开始改变，音乐被赋予了新的意义，一个超脱社会世俗的意义。这是"纯音乐"的立场——它犯不着介入社会。

　　而到 19 世纪的浪漫主义语境，在纯音乐的维度之外，又有了"标题音乐"这一概念。但浪漫主义的叙事焦点同样脱离当下社会，投向遥远的旧时传说与文学。这一切直到现代才有真正的改变：在一些当代歌剧中，针对当下社会的批判维度出来了。

　　还有不少思想家，会赋予早先的音乐作品以某种批判性。阿多诺、齐泽克都指出贝多芬晚期音乐对自身、对旧时意识形态的批判。很多人也谈到勋伯格音乐中的批判特质，因为他对调性的解构——如果把调性视作一种传统阶级意识形态产物的话。但这些意义都是后人赋予的，不代表它们本身具有批判性的维度，即使有，也仅仅是它非常次要的维度。

　　一切音乐中最具社会批判性的，我想，是说唱音乐。但注意：在说唱中，真正承载批判功能的是词语，恰恰不是"音乐"。

　　说到这里，我倒想起另一个现象。当今好莱坞，包括深受好莱坞影响的地区（诸如韩国）的电影和网剧，越来越出现这样一个趋势：当古典音乐作为配乐出现的时候，总是反派角色出场的时刻。邪恶的资本家、高高在上的社会精英、天才杀人狂……古典音乐在那些时刻，几乎是作为某种阶级的隐喻而出现的。

　　这个我从未听人说过，好有意思。

你看《沉默的羔羊》，霍普金斯扮演的天才主人公杀人之后，满手沾血听《哥德堡变奏曲》的咏叹调，边听边陶醉。再比如《发条橙》中的变态狂阿历克斯，钟爱贝多芬《第九交响曲》，边听边幻想着强奸、折磨与屠杀的场面。我们能将这些配乐的选择，单纯解读为制造某种效果上的"反差"吗？别忘了：在这些场景中，音乐是介入了主人公的暴力的，至少为他们提供了施暴的灵感。想想，这些变态狂都是智识非凡的角色，而无论《哥德堡变奏曲》还是《第九交响曲》，都是闪耀着智性光辉的创作。

另一个美国电影《血色将至》的尾声，身为资本家的主人公杀人后，突然黑屏，紧接着就是勃拉姆斯《小提琴协奏曲》的终乐章——一个欢腾的乐段，在这样一个惊悚的结尾，加倍了荒谬感。但为何要通过古典音乐？它似乎给你打开了一个维度，看似并无意义，但又令你觉得极具反讽性。

这在您说之前我都没有意识到，好像确实是这样。是否因为古典音乐代表了某种精英特权阶级的品味？

这是西方左翼文化的一个长期影响。不久前，曾有左翼人士抨击：高举古典音乐，是否属于"白人至上主义"？虽然在当代商业社会里，它的处境早已边缘化，但在传统价值观中，它仍旧处在高位。它是"high art"（高雅艺术），而现今任何西方城市的中心地带，仍不会缺少一座以演奏古典音乐为主的演艺中心。它依旧占据着社会不可动摇的主位。

那么其他的少数族裔音乐，或自由爵士等边缘音乐怎么办？于是这些人认为：对古典音乐的推崇、致敬，不过是一个以白人为主的社会在保守自身的文化遗产罢了。这种抨击倒未必是简单的反种族主义，而是针对（至少在他们看来）某种文化保守主义。

类似的声音太多了。甚至到近年，我发现它似乎成了某种既成套式，在很多影视作品中越来越多地出现。最近的《鱿鱼游戏》，你看过没有？

看过，现在很火的韩剧。

每次开始杀人游戏之前，配乐都是《蓝色多瑙河》。《鱿鱼游戏》的立意，就是对资本社会形态的批判。作为精英富豪鱼肉底层民众的隐喻，杀人的暴力、《蓝色多瑙河》的优雅，构成了鲜明的讽刺。如果我没记错，几年前刚获奥斯卡奖的《寄生虫》，也有以类似的手法配用古典音乐。

对，好像在主角全家差点被发现，手忙脚乱收拾的时候。还

有电影最后，那个躲在地下室的人跑出来杀人之类的，整个场面非常混乱。

而我想说：这一切也可以反过来解读。也许古典音乐在这些电影中，并非作为一个被批判的对象。而是，影像通过古典音乐，行使了它的批判。

你不会觉得给一个恶魔配上了巴赫的音乐，你就会在这段音乐中听出了某种恶。音乐本身是无辜的。即便它诞生于某个特权阶级，但它可以反过来，以自身的无辜去揭穿某个企图附着于它的表象、某种虚假。不然为什么，那些配乐既听来荒谬，又同时让人感到和剧情的立意紧紧相扣？那是否可以说，通过电影，古典音乐被赋予了一个全新的、它原本不曾有过的批判意义。

很有意思。我想另一个原因，是否也是相较许多艺术，古典音乐理性的比重是非常高的。

更准确的说法，应该是"智性"。古典音乐处处是情感与戏剧的表达，但它总离不开一种智性的成分。器乐音乐不依赖语言，即便是歌剧，绝大多数非母语的听众也听不懂歌词。我们还是在欣赏一种纯音乐的美，一种只存在于固定音高的世界中的声响力量——它既是最感官，也是最抽象的。

但说到如何欣赏，我们现在可以随身携带音乐了，手机随便打开哪个 App，都有成千上万的音乐。但对作为演奏者的您，现场是否还是一个不可替代的存在？现在疫情的状况下，演出直播或者是录唱片能在某种程度上替代现场吗？

可以，也不可以。在传播的形式上，它一定会最终替代现场的主位。就像以前听唱片，现在变成线上。但是它又无可替代——或者说，我希望它不被替代。因为现场代表一种特定的"真实"。

这里还须将流行与古典音乐的现场区别看待。流行音乐兴盛于一个麦克风的时代。我们无法想象它作为现代的文化产物，在"前麦克风"的社会能够存在。麦克风的强势，在于它突破了美声的局限。美声使人的身体成为乐器，只凭腔体共鸣便能将声音送到大厅最后一排；麦克风则能保留你日常言说的语调、音质与情状，并将它扩大。这可能是为什么在盲听时，人不能很轻易地分辨不同的美声歌唱家，但能够立即辨认不同的流行歌手。某种意义上你可以说，这才是更"真实"的。

但近来越来越不是这样了。科技渐渐取代了真实。现在的流行乐现场，后台总有一个制音器负责调动音准，附带美化音色。许多明星歌手都依靠"Auto-Tune"。当然，你可以说，它还是"真"的——如果我们把科技的介入也看作一种表达的话。

但如果以传统的定义去看，那么古典音乐的现场才是诚实的。体育馆除外，再大的场地你也得用真声。器乐演奏也同样，只要是在音乐厅，就不会用麦克风。这就是古典的现场：我们与音乐之间除了空气，再没有其他中介。这是最原始、最人性的传播形式。

想想古代，音乐就是几个人在一起玩，以自己的人声，或任意一种能发声的物体，展开一段互动、一段交流。它源于最单纯的共享欲。这是它与写作、绘画，与其他艺术都不同的原生态。

说到古典与流行音乐的关系，可以说以前古典音乐就是西方的流行音乐吗？

你可以说，古典音乐曾是西方上流社会的流行。但近代"流行"一词，是针对大众文化而言的。譬如吟诗作赋，是中国古代士大夫阶级的普遍文化，但你不会将唐诗宋词定义为"流行"——那时的大多数民众连字都不识。

　　现在很多古典音乐家尝试将它与流行音乐做跨界的融合，您又怎样看待这种方式？

　　我对跨界了解很少，不太有资格去说。首先，我不反感任何跨界的形式。其次，我又不认为这界可以真的"跨"成。我的意思是：某种形式的"界"是永远存在的。

　　当然，我们处在一个平权的时代，它已经打破了许许多多的藩篱。但权力的平等化，不代表生活方式——包括聆听方式——的同一化。族群之间的差异依旧存在。它涉及各个层面：文化背景、消费习惯、年龄代际……古典音乐和当代的艺术音乐创作，本就服务于，也应该服务于与流行音乐不同的人群需求。

　　在我看，如果一种艺术音乐能够流行化，那它最后就"是"流行乐了。反之，如果一种流行乐越来越复杂化，到某个程度，它必定会渐渐脱离主流的消费群体，不再具有流行性。

　　我想说的是：最终，能流行的自然会流行，古典的还是古典。因为二者背后的主体消费群、这些群落间的差异不会消弭。这倒和"欣赏难度"没有绝对关系；我就认识不少乐迷，从未把听古典音乐当作严肃的鉴赏。那些人甚至平常不看电影电视剧，只听古典音乐——那就是他们唯一的娱乐。

　　我曾经认为，娱乐是为了取悦，艺术是为了引导。我现在还是这么看。对于伟大的艺术，你必须愿意被引导，愿意付出心智上的努力。但我渐渐意识到，它还有更深的一层，那就是生活方式。许多中产阶级的人，天天要买红酒喝；另一些人，创业成了亿万富豪，还是只喝可乐雪碧。生活方式不管娱乐与艺术的二分。就像人的方言一样，这是他身体里的节奏，是他的情绪记忆、生理记忆。

所以我对跨界的看法，并非站在古典音乐的"保守"立场，而是，我不相信真正的全民化。你不可能改变不同人的听觉偏爱。而且为什么要改变呢？人群差异是多好的一件事。这个时代最大的问题，就是主流已经太容易构成垄断了。今天冒出一个新闻，第二天全网络都在谈论：它吸化人群的力量还不够强大吗？

所以干吗要总提跨界。跨界究竟是为了艺术，还是为了消费？我并非意在批判，只是觉得有一帮古典的人永远在古典，一帮自由爵士的人在做自由爵士就挺好。跨界也很好，也没问题，但它早已被过度谈论。当这样普遍地被谈论时，说明它自身就是一个问题了。

偶尔，巡演间隙，我也会涂抹一些小画。
摆弄颜料给我一种无知的快感——下笔
前，我并不知道自己想画什么

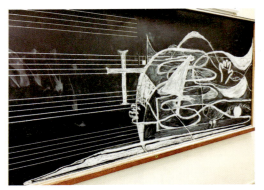

教室黑板，课堂笔记本……我随处瞎画，并羡慕画画
的人：到底还是演奏苦